ESPIRAL DE ARTILHARIA

IGNACIO PADILLA

Espiral de artilharia

Tradução
Sérgio Molina

Companhia das Letras

Título original
Espiral de artillería

Capa
Kiko Farkas e Elisa Cardoso / Máquina Estúdio

Foto de capa
Hulton Archive / Getty Images

Preparação
Maria Cecília Caropreso

Revisão
Cecília Ramos
Marise S. Leal

Dados Internacionais de Catalogação na Publicação (CIP)
(Câmara Brasileira do Livro, SP, Brasil)

Padilla, Ignacio, 1968 –
Espiral de artilharia / Ignacio Padilla ; tradução Sérgio Molina. — São Paulo : Companhia das Letras, 2007.

Título original : Espiral de artilhería
ISBN 978-85-359-1052-0

1. Romance mexicano I. Título.

07-4403 CDD-m863

Índice para catálogo sistemático:
1. Romance : Literatura mexicana m863

[2007]

EDITORA SCHWARCZ LTDA.
Rua Bandeira Paulista 702 cj. 32
04532-002 — São Paulo — SP
Telefone: (11) 3707-3500
Fax: (11) 3707-3501
www.companhiadasletras.com.br

Para Gloria Carnevali e Enrique Wulff,
que arpoaram o Leviatã

If I were engaged in any high undertaking or design, fraught with extensive utility to my fellow-creatures, then could I live to fulfil it. But such is not my destiny; I must pursue and destroy the being to whom I gave existence; then my lot on earth will be fulfilled, and I may die.

[Se eu estivesse engajado em um empreendimento ou projeto elevado, carregado de grande utilidade para meus colegas de espécie, então eu viveria para cumpri-lo. Mas esse não é meu destino; preciso perseguir e destruir o ser que eu trouxe à existência; então minha sina na Terra será cumprida, e poderei morrer.]

Mary Shelley, *Frankenstein*

Sumário

I. A BONDADE DOS ESTRANHOS

Só ontem recebi uma carta que Marja deve ter enviado muitos anos atrás, quando ela ainda tinha algum interesse nas mentiras que eu pudesse inventar para convencê-la da minha inocência. Como de costume, o guarda de plantão me entregou o envelope aberto, sem nem sequer se desculpar pela lentidão dos seus serviços. Mesmo antes de ler o conteúdo, eu já sabia que a carta era dela e que vinha do porto de Malombrosa. Bastou esse palpite para eu sentir uma explosão por dentro, como se tivesse engolido uma granada de mão. De repente eu estava uma eternidade mais velho, prisioneiro entre recordações indesejáveis que conjugavam minha ojeriza por toda cidade portuária e a evocação de uma série de eventos que lá marcaram minha existência de um modo tão radical quanto inesperado.

Naquele tempo remoto, Malombrosa ainda estava muito longe de se parecer com o agitado centro mercante onde Marja, anos mais tarde, me escreveria essa carta carregada de recriminações. A cidade mais parecia um rancor fóssil, a carcaça descarnada daquela que chegara a ser a maior base naval da nossa história, então reduzida a um imenso cemitério de submarinos onde até o atum fresco cheirava a óleo diesel. Percorrer suas ruas e galpões exigia uma enorme força de vontade para resistir ao impulso de se atirar de cabeça no mar. Nesse porto de horrores, o único consolo era pensar que nada podia durar muito tempo num lugar como aquele, onde o salitre, a ferrugem e o vento do ártico conspiravam para deteriorar tudo com a máxima rapidez.

Desde o primeiro momento em que respirei o ar sufocante de Malombrosa, amaldiçoei com todas as minhas forças a inexorável cadeia de circunstâncias que me levou até lá. Antes disso, meus passos sempre foram regidos pela inércia, e meus movimentos tinham sido mínimos, confusamente impelidos por algo que hoje só consigo definir como um intenso desejo de fuga. Naquela manhã, ao contrário, as coisas apontavam em outra direção: embora eu mesmo ainda me negasse a reconhecê-lo, sabia que essa viagem era mais do que uma simples fuga, pois tinha o propósito adicional de honrar o último desejo de um delegado que eu mal conhecera, mas a quem de certo modo devia o duvidoso favor de continuar com vida. Ainda nem sequer imaginava o que faria com o legado de Magoian quando encontrasse a Leoparda, mas agora pelo menos tinha na tal mulher um motivo para aquela infame odisséia a que me lançara como se dela dependesse a minha salvação eterna.

Não quero dizer com isso que a relativa clareza das minhas razões tornasse minha viagem a Malombrosa mais suportável. Quase nada, àquela altura, podia garantir o sucesso de uma missão que me fora imposta por minha própria estupidez. Morto o delegado Dertz Magoian, eu só contava, para seguir em frente, com sua alusão ébria à Leoparda e minhas parcas informações sobre aquele porto longínquo cujo nome por si só exala uma inequívoca idéia de trânsito e mau agouro. Lembro claramente que, numa das primeiras barreiras que tive de cruzar na minha longa jornada rumo ao norte, o oficial responsável por carimbar meu salvo-conduto me perguntou que diabos um homem como eu ia fazer num lugar como Malombrosa. Não soube o que responder: minha partida após a morte do delegado Magoian tinha sido tão abrupta que eu nem tivera o cuidado de inventar um pretexto convincente para percorrer os milhares de quilômetros entre a capital do país e um lugar tão remoto como aquele.

Se as circunstâncias da minha viagem fossem outras, é provável que tamanha imprevidência tivesse comprometido seriamente meus planos de me refugiar em Malombrosa. Àquela altura, porém, a situação do país já estava tão conturbada que praticamente nenhum guarda de fronteira ou funcionário do Partido podia se dar ao trabalho de indagar com a minúcia de outrora as razões que levavam alguém a realizar determinada ação. No final das contas, os mesmos eventos que haviam precipitado a minha partida intempestiva e a morte do delegado Magoian também despertaram a serpente do caos no país. De algumas semanas para cá, parecia que o mundo tinha iniciado uma espécie de reacomodação que incluía o deslocamento de milhares de pessoas a lugares realmente afastados. A confusão, a incerteza e o terror da forte repressão oficial empurravam sombrias multidões para fora do mapa da história: para o mar, para o deserto ou para as montanhas, o mais longe possível do centro daquela nação à deriva que parecia a ponto de se desintegrar num cataclismo escatológico para o qual ninguém estava preparado.

Partir a qualquer custo, deixar de estar onde sempre se estivera. Esses começavam a ser meus únicos imperativos válidos quando tomei o trem para Malombrosa. Abaladas pelos últimos ataques de Eliah Bac e seus conspiradores, já mal se sustentavam as normas que durante anos tínhamos aprendido a obedecer: a grandeza indiscutível da Revolução, a infalibilidade dos nossos juízes, a fibra dos nossos heróis; enfim, a falsificação organizada de uma realidade que fora construída para encaixar à perfeição com as idéias do Partido e de seu líder vitalício. Durante décadas, nossa vida se baseara na forçosa imposição de um substituto empírico da verdade, na crença numa mentira que, de tão repetida, se transformara no centro do nosso sistema moral. Mas agora que nossos aliados nos abandonavam no atoleiro da nossa própria sorte, agora que se anunciava uma mudança ainda aparentemente inviável, enquanto o Grande Brigadeiro teimasse em se defender como uma fera ferida, todos nos movíamos num absoluto vazio, revoando como moscas contra uma vidraça na qual mal conseguíamos enxergar o reflexo da nossa miséria coletiva: hordas de miseráveis mendigando junto a trens arbitrariamente lentos, rumores contraditórios sobre o sucesso ou o fracasso de uma insurreição que não chegávamos a entender, edifícios infestados de ratos, montes de sucata à beira de estradas onde ainda se distinguiam as divisas desbotadas da Grande Frota do Norte. Por toda parte tropeçávamos em ruínas e estragos, em olhares de suspeita que pareciam sempre cravados no canto do nosso sono, emboscados, aguardando-nos num daqueles lugares remotos ou completamente inacessíveis que para mim se resumiam no nome de Malombrosa, mas que podiam ter qualquer outro nome.

Vejo renascer em minha memória o assombro do mar entre as chapas de um trem decrépito. Esqueço minha cela e, por uma brecha do passado, avisto o porto de Malombrosa; vejo seus navios varados no cais, suas hostes de barcos mutilados que agora transportam legumes a cidades nos confins do mar. Vejo o reator nu de um submarino atômico que certo capitão compassivo resgatou do desmanche e ligou às casas da cidade para que no inverno seus habitantes tivessem um pouco de luz e calor. Vejo tudo com os olhos daquele tempo e percebo também os destroços do meu próprio corpo, o desgaste nele provocado por minha longa dependência de ectricina e minha recente submissão ao medo. Vejo minha ruína desde o momento em que iniciei aquela viagem obtusa, e lamento só ter conseguido lugar num vagão de carga cheio de estivadores e peregrinos ortodoxos amontoados sobre um tapete de palha impregnado de um cheiro desagradável. Assim que começa o balanço do trem, um vórtice de línguas arcanas me apanha com seu poder sonífero. Insultos, roncos e imprecações fincam os dentes no meu ânimo, enquanto busco um recanto para me injetar. Por fim o encontro, e a ectricina abre caminho em minhas veias assim como o trem vai cortando a paisagem. Lufadas de poeira solar forçam a entrada pelas frestas até que a falta de ventilação se torna intolerável. De repente temo estar num desses trens que um dia qualquer chegam a cidades de nome impronunciável carregados de cadáveres: povos inteiros mortos por asfixia, tribos lívidas enterradas com presteza castrense antes que alguém possa reclamar seus corpos, seus pertences, as cartas saudosas que escreveram talvez pressentindo o negro destino que os esperava ao dobrar a esquina. Eu me imagino entre eles e como eles: entorpecido, inconsciente, ainda sonhando com esse lugar incerto aonde parece que nunca chegarei e que na minha ansiedade nunca acabo de plasmar.

Aos poucos, porém, o acalanto da droga pode mais que meu terror a morrer dormindo, e assim me entrego a um inquieto sopor em que ressurgem as inevitáveis perguntas e recriminações. Sem querer vou me embalando em imagens recentes que monto a esmo, tantas e tão velozes que por segundos tenho a impressão de ter invadido os pensamentos de outro homem. Nas margens do sono faço um último esforço para dar sentido às semanas que precederam minha partida, e então volta a me surpreender a rapidez com que tudo aconteceu. Sendo verdade o que dizem os jornais, Eliah Bac e seus conspiradores teriam planejado boa parte de seus golpes a um passo do hospital onde trabalhei durante anos, bem em cima de um café sórdido onde, até poucos meses atrás, eu costumava matar as minhas tardes e esquecer sem entusiasmo meus rancores. Chegava quase sempre na hora do crepúsculo e partia quando os rostos já mostravam esse tom de âmbar que delata a ingestão excessiva de absinto, aquela hora em que começavam a aparecer os secretas à paisana, balbuciando uma gíria de marginais que só fazia denunciá-los. Era freqüente então ver os últimos fregueses se divertirem à custa deles oferecendo-lhes bebida até deixá-los inermes, incapazes de seguir o fio de uma conversa, que dirá recordá-la no dia seguinte, quando o delegado Dertz Magoian lhes cobrasse denúncias que eles seriam obrigados a inventar para que não fosse confiada a outros a invejável missão de se embebedarem às expensas dos inimigos do povo.

Uma coisa leva a outra, como ocorre com freqüência no torpor da ectricina: os delatores se transformam em viajantes e a penumbra do vagão é de repente o fulgor de um meio-dia remoto. Os sons que me embalam se congregam agora na voz da minha auxiliar avisando-me que um homem da polícia secreta visitara o hospital logo cedo para lhe fazer uma série de perguntas que ela dizia estar certa de ter respondido da pior maneira possível. Enquanto falava, a mulher soluçava com a mão no peito, jurando por seus mortos que não me traíra. Quando por fim consegui convencê-la de que não havia nada a trair, mandei-a desmarcar todas as consultas da tarde, pedi que resgatasse do desvão meu único casaco apresentável e me aprontei para comparecer ao meu inadiável encontro com as autoridades.

Como imaginava, assim que pus os pés na rua fui abordado por dois cavalheiros sombrios que formularam em uníssono o pedido gentil de que os acompanhasse para uma conversa informal com o delegado Dertz Magoian. O fato de o próprio Magoian dar-se ao trabalho de interrogar um civil era, mesmo naquela época, algo que despertava as maiores reservas. No entanto, a julgar pela relativa cordialidade com que tudo se encaminhava, era de esperar que aquela primeira entrevista não demoraria muito, apenas o necessário para me lembrar que ninguém naquele país à beira do colapso estava ainda a salvo do caprichoso escrutínio da justiça local.

A primeira coisa que temi enquanto era conduzido à delegacia foi que Magoian me perguntasse quando e por que eu pedira minha transferência a uma zona tão afastada da cidade. Não que eu tivesse perdido a conta dos anos que estava definhando naquele bairro melancólico, mas simplesmente nunca pudera nem quisera contá-los. Desde o primeiro momento, eu me instalara lá como numa bolha de tempo onde só existia a sistemática repetição dos dias, suficientes, no entanto, para sobreviver a uma legião de doentes tão inconstante quanto a gravidade de seus males. Sem muito empenho, eu tratava de pústulas, abortos, intoxicações etílicas, nada que exigisse acompanhamento nem mais instrumental do que aquele que podia oferecer a precária clínica onde eu trabalhava. Preferia matar minhas horas cochilando nas sessões do Partido ou rondando prostitutas medianamente autorizadas, cujos serviços raras vezes solicitava, não por falta de lascívia, mas por medo da obsessão que certas mulheres fatalmente me despertavam. Com freqüência dava um jeito de escapulir do hospital por algumas horas, entregando-me a conversas com desconhecidos ou jogando com eles longas partidas de dados cujo saldo me permitia compensar minha negligência médica, custeando alguns livros do mercado negro e os honorários de uma enfermeira desmemoriada que, não obstante, era de uma devastadora eficiência, contanto que suas tarefas não excedessem os limites da jornada.

Por outro lado, para além daqueles dias intermitentes num hospital cuja aparência combinava à perfeição com meu estado de espírito, para além dos meus diagnósticos sem calendário nem cirurgias, o bairro e a cidade eram para mim seres cretáceos. O mundo exterior se expandia atrás de mim como a esteira de um navio no mar, e minha própria existência era um deslocamento vagaroso pela cremalheira dos anos: nada ficava às minhas costas, não devia ficar o mais leve traço visível do que havia sido de mim antes de eu chegar a esse bairro, nada além de um amontoado de imagens desconexas que eu mesmo me empenhava em ignorar no meu isolamento de anacoreta, com o eterno pretexto de que minha dependência da ectricina tornava minha memória preguiçosa demais para recordar o que quer que fosse. Minha vida se regia principalmente pelo que não me interessava, meus desejos eram mesquinhos e minha maior obsessão era não ter nenhuma, por mais que em tardes como aquela, devo reconhecer, um leve pesadelo ameaçasse aflorar sem que eu pudesse fazer nada para impedi-lo.

Apesar de nunca ter visto o delegado Magoian, eu sabia dele tanto quanto pode saber um rebanho disperso sobre o único pároco da região. Universalmente celebrado como exemplo de um sistema policial cada vez mais desgastado, Magoian era um obscuro funcionário de província que fazia alguns meses vinha alimentando com ordens rançosas o anêmico prestígio de uma repartição antes dirigida por autênticos carrascos. Diziam os entendidos que, na juventude, o delegado dirigira com mão de ferro uma importante rede penitenciária na fronteira oriental e que fora afastado do comando por se envolver com a filha de um alto oficial da Oitava Região Militar. Como se ele mesmo se empenhasse em desmentir a lenda, agora ninguém lhe conhecia medalhas, amigos nem amantes, e desde as oito da manhã podia ser visto na delegacia devorando uma espartana sopa de cordeiro religiosamente acompanhada de uma salada-russa de repolho azedo. Alguns meses depois de nos conhecermos, seus homens o encontraram pendurado em uma viga onde antes pendia apenas uma lâmpada eternamente queimada. No forro do casaco acharam uma carta entre obscena e amorosa, de cujo destinatário nunca chegaram a descobrir o sexo, o endereço nem o parentesco que pudesse ter com aquele infeliz.

Eu percebi que o delegado Magoian trazia a marca da desgraça estampada na testa desde o momento em que seus homens me levaram até ele por um abstruso labirinto de túneis, portas falsas e ruelas intrincadas. Logo de saída me chamou a atenção o fato de aqueles guardas, em outros tempos famosos pela violência de suas maneiras, me tratarem com a mesma familiaridade irônica que usavam ao falar do delegado. E, embora fosse evidente que a ordem de não se excederem com os prisioneiros ainda os incomodava, pareciam lidar bem com a hilariante degradação de suas funções e a mediocridade de seu chefe atual.

Quando chegamos às portas da delegacia, um dos guardas se despediu com uma reverência bufa e o outro me apresentou a um oficial que rabiscava incessantes anotações no verso de uma fotografia. O homem levou alguns momentos até reparar na minha presença. Por fim suspendeu sua atividade e, quase sem ter olhado para mim, dirigiu-se ao guarda:

— O que você espera que eu faça com um vinte e três? — perguntou, apontando-me furtivamente com o queixo. — Leve para a quinze e aguarde as instruções de Magoian. — E voltou para sua fotografia, como se acabasse de matar um inseto pertinaz.

Sem dizer uma palavra, o guarda me empurrou suavemente por uma nova rede de escadas e tenebrosos corredores sem dúvida projetados por um arquiteto transilvano. Enquanto o seguia, eu tentava em vão discernir se a críptica linguagem do oficial da fotografia devia me causar graça ou horror. Em outros tempos, provavelmente, eu não teria duvidado nem por um segundo que seu código numérico fazia parte de uma cabala do terror que só a meus captores era dado entender. Agora, ao contrário, aquele hermetismo transmitia, mais do que nada, um inevitável ar de comicidade. Era como se tudo na delegacia fizesse parte de uma ópera-bufa ensaiada até o escárnio sobre o texto de uma tragédia grega. Por mais que eu me esforçasse em dar-lhes algum crédito, era inevitável a sensação de que Magoian e sua pequena legião de capangas não passavam da caricatura dos seus antecessores, mais dignos de pena que de respeito. Grotescos e decadentes, aqueles homens seguravam nossa vida por um fio, maquiando atos, palavras e até gestos com o gritante desleixo de uma prostituta que já desistiu de disfarçar os estragos da sífilis.

Mas minha fé cega na debilidade desses homens estava muito longe de ser tranqüilizadora. Mais do que riso ou desprezo, aquele reino contrafeito engendrava o sinistro sabor da imperfeição, o terror de descobrirmos que um colosso agonizante ainda pode nos esmagar em sua queda. Ainda faltavam algumas semanas para a conspiração de Eliah Bac despontar no horizonte, mas tudo já parecia pronto para que essa ou qualquer outra conjura eclodisse inevitavelmente nas entranhas do país. Àquela altura, a única possibilidade que restava aos que continuávamos a depender de homens como Magoian era sentir-nos permanentemente temerosos do futuro, esgotados pela espera de uma liberação que não tínhamos certeza de desejar, ameaçados pela impossibilidade de dizer em voz alta o que a nação inteira murmurava nos botequins, nos pontos de ônibus, na meia-luz de cinemas rigorosamente vigiados onde os noticiários oficiais se negavam rotundamente a confirmar o rumor de que, havia pelo menos oito meses, o Grande Brigadeiro vegetava numa clínica moscovita. Ninguém podia saber se isso era verdade, mas todos secretamente imaginávamos aquele corpo espectral, aferrado a um coração mumificado que, no entanto, continuava batendo como se não se resignasse a descansar enquanto não tivesse pulsado o número exato de vidas que o velho destruíra nas décadas que vinha durando a sombra de sua sombra.

Nem é preciso dizer que essa protelação da mudança só fazia com que nosso presente fosse ainda mais difícil de suportar. Longe de nos alegrarmos com o grande malogro revolucionário, só fazíamos esperar, e na espera duvidávamos seriamente de que as coisas um dia pudessem ser de outro modo. No bojo daquele aparelho avariado, ao mesmo tempo próximo e distante de uma reviravolta anunciada, só conseguíamos antever um interregno de aflições, uma dolorosa transição em que, sem sabermos exatamente a razão, de uma hora para outra seríamos obrigados a esquecer o que tínhamos sido. Horrorizava-nos a simples idéia de que, mais dia, menos dia, nos veríamos forçados a aprender uma nova versão da história, a falar numa linguagem adâmica ou messiânica na qual aquelas palavras que sempre haviam nomeado nossa vida cotidiana seriam substituídas por outras até então indevidas. Exasperava-nos a perspectiva de termos de deslindar os novos limites de um vasto volume de leis e costumes, de ideais e critérios abstratos, de lealdades e inimizades que outras nações viriam a nos impor com a presunção de um missionário que redime os gentios da mais bruta selvageria. Talvez então, pensávamos, a precisa relojoaria da modernidade nos empurraria não para a frente, e sim para trás, aos tempos anteriores à Revolução, àquele século remoto e não exatamente feliz ao qual, no fundo, ninguém tinha muita certeza de querer voltar.

Por outro lado, teríamos que esquecer o que para muitos era o único presente verdadeiro. Vozes novas mas estranhamente familiares nos ensinariam a varrer da mente o código que nos alimentara desde crianças, ao qual bastava ater-nos para não incorrer em erros nem atitudes suspeitas. Teríamos que nos desfazer das receitas para passar inadvertidos, esquecer os dias em que sabíamos ao certo que palavras deviam ser usadas, a invariável toada das canções que deviam ser cantadas ou denunciadas, o hábito de fazer tudo com um olho no horário do toque de recolher, medindo conversas, tragos, beijos, o gesto mínimo porém laborioso de amarrar os sapatos quando se bebeu além da conta ou de apalpar os bolsos para confirmar que se carrega um salvo-conduto ou a carta afetuosa de algum parente acomodado num ministério. Esqueceríamos, enfim, aquele tratado matemático cujas fórmulas nos permitiam calcular o número exato de microfones que cabiam num metro quadrado de parede, o ângulo permitido de um levantamento de sobrancelhas ou o diâmetro prudente de um sorriso esboçado numa conversa em que as piadas vão adquirindo um caráter perigosamente político.

Nessas circunstâncias, não era de estranhar que nos sentíssemos derrotados de antemão, céticos, cansados de procurar na linha do horizonte uma luz que nos guiasse no tormentoso exercício de aprender e esquecer tudo. Assim como era impossível saber o motivo e a identidade de quem sustentava a vida do Grande Brigadeiro, ninguém podia dizer quem sustentaria as nossas, que cabeças rolariam quando tudo acabasse ou quem estaria livre de culpa para fazê-las rolar. Podia-se dizer que também nós mantínhamos nossa existência sobre uma intrincada rede de tubos, sondas e bolsas de látex que respiravam sem cessar enquanto nossa história recente se dissolvia nos ácidos de uma víscera idêntica à do Grande Brigadeiro, cirrótica, atravessada de instruções que não sabíamos como, quando nem por que obedecer. Nesses tempos, a única certeza era que nem mesmo homens como o delegado Magoian sabiam a procedência exata de suas ordens nem o destino de seus prolixos relatórios administrativos, de suas minuciosas atas de interrogatórios improvisados sobre o manual não-escrito do hábito e da ânsia, da cruenta nostalgia de um aparelho que se recusava a emudecer e onde homens tão precários como Magoian deviam forçosamente estar entre os seres mais perigosos da Terra.

Depois de um périplo que me pareceu longo demais para um edifício de aspecto tão pequeno, desembocamos numa grande sala onde fervilhava uma multidão de indivíduos entre os quais era impossível distinguir funcionários de detidos. Mais do que tensão, o que percebi naquele espaço foi um ar de tédio, certo ânimo de renúncia. Secretárias lânguidas e oficiais em mangas de camisa iam de um lado para o outro carregando pilhas de papéis amarelados que em seguida examinavam com a indolência de quem sabe que nada escapará do fogo. Em algum lugar soava o rumor desacorde de vários instrumentos de sopro que me fez pensar numa banda executando sua última peça a bordo de um transatlântico a ponto de naufragar. O edifício inteiro cheirava a lajota recém-lavada com cloro e sabão barato.

Por fim entramos num corredor mais estreito que os anteriores, quase uma traquéia de alvenaria, que terminava num portão enferrujado. Acho que foi nesse momento que meu guia, num inesperado arranco de confiança, inclinou um pouco a cabeça e me disse: — A quinze, doutor, já não é a mesma de antigamente. — Sem saber exatamente se devia agradecer ou lamentar a informação, limitei-me a concordar com gravidade para não perturbar aquele guarda que já começava a me fazer sentir como o amigo imaginário de um idiota.

Eu mentiria se dissesse que a quinze era uma cela. Parecia mais um grande barracão que no passado tivesse abrigado numerosos prisioneiros, uma verossímil ante-sala de celas individuais, porões de tortura ou paredões de fuzilamento improvisados em pátios internos do edifício. O guarda me convidou a entrar com o gesto de um hoteleiro que exibe com orgulho o melhor quarto do estabelecimento. Por pouco não iniciou uma veemente demonstração das comodidades daquele quarto espectral, pelo qual parecia sentir uma predileção acentuada pela nostalgia. Seu sentido do dever, porém, foi mais forte que seu entusiasmo e, tangido pela pressa, por fim me deixou na cela sem nem se dar ao trabalho de fechar a porta.

Assim, abandonado naquela prisão sem fechaduras, vaguei entre seus muros tentando decifrar as divisas, os anátemas e os desenhos procazes com que outros cativos mataram o tempo em circunstâncias talvez menos suportáveis. Em vão outras mãos haviam tentado apagar aquelas mensagens que se sobrepunham umas às outras como uma bandada de ectoplasmas, que tinham, não obstante, a consistência de um testamento escrito na pedra. Uma palavra a mais ou a menos, todos, no fim das contas, diziam a mesma coisa, e todos, portanto, pareciam ter sido levados lá só para que eu, muito tempo depois, evocasse inescapavelmente meus anos de estudante e a única ocasião do meu passado em que me vira às voltas com a Justiça.

Comecei recordando os gritos, não solitários nem anônimos, mas plenamente atribuíveis a pessoas concretas. Tornava a ouvi-los na memória, e junto voltava a minha certeza de ter visto aqueles rostos inúmeras vezes nas classes da universidade, em reuniões nos cafés a que nunca me convidavam, em comícios a que jamais pensei assistir porque aqueles não eram tempos para brincar com a sorte. Eu os conhecia perfeitamente, quase poderia ter determinado de que garganta provinha este ou aquele grito, quem estava sendo humilhado pelos soldados enquanto o resto de nós permanecia de bruços, todos vendados, beijando o chão de um ginásio com dimensões que não deviam ser muito diferentes das do sórdido barracão que fazia minha memória disparar.

Tinham-se passado mais de trinta anos, mas ainda me estremeciam os ecos daquela interminável sucessão de quartéis incendiados e cartazes caídos no meio de uma refrega, de coquetéis molotov atirados contra a lagarta de um tanque antimotim que acabava saturando o ar com sua tormenta de borracha calcinada. Das cidades mais remotas e dos bairros mais periféricos chegavam notícias paralisantes sobre o iminente retorno da democracia, boatos do assassinato de algum alto funcionário do Partido ou do arrasamento de uma escola, de duas salas de cinema ou de certo parque público onde um grupo de velhos que jogava boliche fora em poucos minutos fuzilado à sombra de uma amendoeira.

Foram dias em que o ar se carregou de uma intransponível nebulosa de gases lacrimogêneos e pólvora queimada. Foram tardes de pichações, correrias, bordoadas a mancheia, balas que quase nunca eram de borracha e detenções que quase sempre ocorriam à noite. A vida então era uma permanente cerimônia de sacrifício inútil, de multidões de estudantes solidários ou professores tresnoitados que escalavam como macacos as grades da universidade quando a polícia, o Exército e por fim os tanques soviéticos disparavam contra tudo e contra todos, sem a menor preocupação com quem iam deixando pelo caminho.

Nas grandes salas onde antes se celebravam as assembléias

do Comitê de Orgulho Revolucionário, começaram a irromper grupos de jovens que tomavam de assalto os microfones e entoavam com a voz em grita o *Livre Terra Livre*, até que um batalhão de gendarmes tentava deter os revoltosos, que desapareciam pelas janelas como quem ensaiasse um prodigioso número de escapismo circense. Às vezes, no entanto, os rebeldes não tinham tanta sorte, e entao o Exército evacuava o local a tiros de bazuca, até que mães, velhos, estudantes e faxineiros saíam da sala com as mãos ao alto, incrédulos, esperando que o humor dos soldados lhes concedesse o benefício da dúvida antes que abrissem fogo à discrição com o pretexto de que naquela baderna, senhor capitão, seria impossível distinguir os terroristas dos cidadãos comuns.

No que me diz respeito, aqueles tempos significaram uma inútil explosão de paixões que não me despertaram mais que desprezo e fastio. Desde que recebi as primeiras notícias dos distúrbios nos departamentos ocidentais, intuí que os rebeldes e as forças da ordem acabariam encenando um choque entre duas forças desiguais em que a passividade seria a única atitude realmente sensata. Longe de me mobilizar, aquele paroxismo logo conseguiu saturar os limites da minha tolerância, levando-me a buscar nos livros uma via de escape, um fragor íntimo que me permitisse fechar os ouvidos aos gritos da democracia, aos estertores da rebelião e à cantilena desdentada do meu vizinho Gerini, um velho professor de línguas mortas que insistia em celebrar comigo a mudança iminente, como se minha paixão pela poesia ou minha juventude fossem para ele sinônimo de forçosa solidariedade com os rebeldes.

Recolhido desse modo naqueles dias mascarados, acabei cunhando a idéia de que o verdadeiro heroísmo consistia em não se envolver numa guerra sem futuro em que todos pareciam sentir-se obrigados a decidir entre quebrar a ordem estabelecida ou defendê-la. Mais que o fervor ou o destempero, o que forjaria os verdadeiros heróis de então seria sua capacidade de manter distância, sua força de vontade para não correr aos comícios nem aplaudir a quem os silenciava, para ficar em casa e concentrar-se no estudo, enquanto fora, nas ruas e nas praças, um contingente de tanques disparava contra as barricadas onde uma mulher ou uma criança implorava ajuda com gritos que podiam varar a noite.

Por incrível que pareça, durante um breve e feliz espaço de tempo acreditei que de fato conseguiria me manter à margem dos distúrbios. Até que minha sorte, minha má sorte, quis que, justo nesses dias, surgisse em minha vida uma mulher que me causaria muito mais problemas do que o esperável nesses casos. Acho que já comentei aqui minha propensão a me obcecar por certas mulheres que raras vezes ousei abordar. Por desgraça, nesse caso concreto minha fascinação foi tão desmedida que esqueci todo propósito de continência ou de prudente reserva. Se aquela minha paixão foi inconscientemente alimentada pelo caos incendiário que a rodeava, é algo que, por ora, prefiro não analisar. Só sei dizer que, de repente, bem no meio daquela primavera endemoninhada, perdi a cabeça por uma jovem pintora que contava alguns meses dando aula nos ateliês da Faculdade de Artes Plásticas. Desmazelada, ossuda, de mãos compridas e traços claramente levantinos, a estranha beleza daquela moça talvez tivesse passado despercebida se não fosse o brio com que a ostentava. Havia alguma coisa nela que atraía a atenção de todos a seu redor. Não raro era vista nos corredores da faculdade, nos ateliês de escultura ou nos cafés vizinhos da universidade cercada de estudantes ou professores que, como eu, pareciam hipnotizados por suas maneiras altivas, sua espessa cabeleira preta ou seu jeito de falar, sempre enfático, sempre a ponto de gritar uma maldição que todos secretamente ansiávamos.

Agora que quase esqueci seu rosto e que mal ouso repetir seu nome, eu mesmo me espanto ao descobrir que as características daquela mulher, tão opostas às que eu teria desejado naquela fase da minha vida, não representaram nenhum empecilho para que ela me atraísse. Cheguei até a lhe mandar uns versos plagiados de um dos meus íntimos poetas russos; mas nunca recebi resposta nem me atrevi a esperá-la. Raras vezes pude pensar que ela ao menos reparava na minha existência, e numa única ocasião cheguei a trocar algumas palavras com ela, poucas mas suficientes para arruinar a minha vida.

Deve ter sido perto do final de abril, pois me lembro que coincidiu com a irrupção na cidade de um contingente de tanques soviéticos com que o Partido afinal conseguiria reimpor a paz e a ordem no país. Tinham-se passado pelo menos dez dias sem que eu tivesse sinal da minha jovem artista, e já estava quase conformado a não vê-la nunca mais quando, uma noite, resolvi dormir na enfermaria da universidade para que o iminente toque de recolher não me surpreendesse no caminho para casa. Então, enquanto procurava às escuras um canto onde me deitar, irrompeu no local um bando de sombras, entre as quais, no entanto, logo reconheci minha bela levantina. A julgar pela pressa dos meus visitantes, não era difícil deduzir que estavam fugindo, havia horas, de algo ou alguém. De repente, um deles acendeu uma lanterna, ofuscando-me com o facho direto nos meus olhos , e, mais do que pedir, mandou-me dizer onde estava o álcool. Quando eu ia perguntar se havia algum ferido, outros deles, sem esperar resposta, começaram a revistar gavetas e a abrir todas as garrafas que encontraram. Apesar de assustados, todos se moviam com uma precisão que me fez pensar que não devia ser a primeira vez que se metiam em encrencas. Assim como os demais, a moça se precipitara sobre o estojo de primeiros socorros e estava friccionando mãos, braços e rosto ao mesmo tempo que proferia todo tipo de maldições.

— Você está bem? Sou estudante de medicina. Talvez possa ajudar — disse a ela, tentando distinguir na penumbra o lugar exato do seu ferimento.

— Sei muito bem quem é você — replicou, sem parar de esfregar as mãos. — Não ouse tocar em mim. Só fique calado e arranje mais álcool. — Por um instante, fiquei imóvel, incapaz de obedecer às ordens, observando seus movimentos e tentando entender o que estava acontecendo. De repente, a voz de um homem às minhas costas perguntou com evidente desespero se havia algum outro solvente: gasolina, acetona, alguma coisa melhor que essa merda que não serve para nada. Então, desconcertado pelo absurdo da situação, senti como se me faltasse o ar. Sem saber o que fazia, procurei o interruptor, e a luz inundou a enfermaria para me mostrar em carne e osso aquele conjunto de jovens apavorados, suas roupas escuras e as mãos cobertas por pequenas manchas de tinta cor-de-rosa. Então, como invocadas pelo clarão, ouvimos um tropel de botas militares trotando em nossa direção pelos corredores da faculdade.

Horas antes de eu sair para a universidade, o velho Gerini batera no meu quarto para celebrar comigo a notícia de que, durante a noite, alguém tinha atentado contra o monumento ao camarada Paoletti. De garrafa em punho, o professor descrevera como a estátua do herói máximo da Revolução tinha amanhecido coberta de tinta cor-de-rosa, do pedestal até o cocuruto. Explicou, ainda, que fazia várias horas o Exército estava virando a cidade do avesso à procura dos responsáveis e, embora assegurassem que cedo ou tarde os fariam pagar aquela afronta, não conseguiram cobrir a estátua a tempo de impedir que os recém-chegados soviéticos se estarrecessem com aquele aviltamento carnavalesco de um símbolo da autoridade antes intocável.

Sem abrir a porta por completo, esperei meu vizinho terminar de contar sua história, tentando disfarçar o tédio que me causava sua ânsia celebratória. Então, saboreando cada verso e cada sílaba, limitei-me a recitar em russo um poema em que Oblomov fustigava a insensatez de alguns heróis e a quimera de pensar que os gestos ousados podem de fato alterar o curso da história. Ao me ouvir, o homem ficou perplexo, pálido e trêmulo na soleira de meu quarto, como que se negando a acreditar no que acabava de ouvir. — Só lhe peço que tenha piedade deste pobre velho — murmurou por fim, como se fosse outra a natureza da conversa que mantivéramos. Depois, cabisbaixo, fechou a porta lentamente e se afastou pelo corredor com o esgotamento paquidérmico de quem suspeita que acaba de cometer uma indiscrição que logo lhe custará a vida.

À medida que me aproximo da idade que Gerini devia ter naquela época, cresce em mim a necessidade de resgatá-lo na minha imaginação. Então me entretenho inventando para ele um destino diferente do que sem dúvida temeu enquanto se afastava do meu quarto, convencido de ter falado demais com a pessoa errada. Eu o imagino naquela mesma noite esperando o trem numa estação deserta, sentado sobre uma mala onde mal tivera tempo de guardar algumas roupas, olhando de soslaio para os soldados que a qualquer momento virão pedir seus documentos, professor, porque alguém que o senhor conhece muito bem teve a coragem cívica de denunciar suas opiniões sobre a lamentável ofensa contra a memória do comandante Paoletti.

Mas às vezes também sonho que o velho consegue pegar o

trem antes de ser preso e que, anos mais tarde, esperando uma morte tranqüila nas terras de sua infância, pensa que na realidade não havia razão para temer que eu o delatasse. Afinal, pensa ele, minha única ameaça tinham sido aqueles versos que nem sequer eram de Oblomov e cuja pertinência, de resto, seria confirmada pouco tempo depois pelo fragoroso fracasso da insurreição e a detenção dos responsáveis pelo crime.

A culpa pode às vezes nos levar a inventar destinos descabidos para os outros. Por momentos esquecemos que até na imaginação devemos nos submeter a certas leis, se quisermos reconstruir com rigor as passagens do passado que desejamos atribuir a nossos semelhantes. Quando a sorte que imagino para Gerini me parece desmedida, acabo sempre pensando que ele só deve ter passado uma noite ruim e que alguém, no dia seguinte, decerto o informou de que eu estava entre os detidos por participar do atentado contra a estátua de Paoletti. Então é ele quem se entretém pensando na minha sorte com um misto de compaixão e alívio. É Gerini quem lamenta o infortúnio daquele pobre estudante de medicina cuja valentia ele nunca foi capaz de apreciar. É sua mente de velho que não lhe deixará pensar que minha detenção pode ter sido obra do acaso, um lamentável acidente, um súbito golpe de luz no momento menos oportuno. Para ele, virei por instantes um herói entre muitos outros que não tiveram tempo de apagar das mãos as manchas de sua ousadia, aqueles que naquele exato momento, enquanto ele recuperava a tranqüilidade, estavam ao meu lado, de mãos atadas no chão de um ginásio, alinhados como cadáveres prematuros que, no entanto, teimavam em amaldiçoar os soviéticos mesmo que suas chances de sair de lá com vida fossem realmente mínimas.

Enquanto escutava os outros praguejando daquela forma, com vozes sempre silenciadas pelos pontapés dos guardas, surpreendia-me descobrir que eu também não sentia medo, apenas a raiva intragável de saber que iria morrer entre uma legião de imbecis sem que minha inação tivesse servido de nada para me salvar. De repente minha vida, habitualmente árida e ordinária, era emboscada pelas mesmas forças torrenciais de que com tanto esmero eu tentara me esquivar. Achava uma infâmia que minha vida pendesse agora de um fio tecido por outros, cerceado por outros cujas idéias nunca me tiraram o sono, muito menos a tranqüilidade que até aquele dia me levara a acreditar que não há melhor caminho para a inocência que a mais radical passividade.

Mas a sorte, a mesma teimosa sorte que me levara lá, reservava surpresas que ainda hoje não consigo entender. Não sei já se haviam passado várias horas ou apenas alguns minutos desde minha detenção na enfermaria quando chegou minha vez de prestar contas. Uma mão de ferro de repente me suspendeu e me empurrou sobre um monte de corpos que permaneceram inesperadamente mudos. Quando arrancaram a venda que me cobria os olhos, uma explosão de luz nublou minha vista, de modo que ainda demorei um pouco para perceber que me encontrava num vestiário onde se improvisara um quartel militar. Da noite para o dia, aquele espaço normalmente cheio de jovens atletas tinha adquirido o aspecto de uma dessas salas policiais que aparecem nos filmes franceses, onde um inspetor rechonchudo examina, pregados nas paredes, catálogos de impressões digitais e contas telefônicas dos quais espera desentranhar a pista de um assassino. O lugar inteiro tinha esse cheiro de suor e graxa para botas que caracteriza os quartéis do Exército e que queima na garganta quando se fica ali mais tempo que o permitido.

Diante de mim, um capitão com cara de quem não dormia desde o princípio dos tempos suava profusamente enquanto arrumava um considerável monte de documentos de identidade. Era evidente que o homem levava algum tempo enfronhado na atividade de discernir culpas e condenações, e que àquela altura da noite dava exatamente na mesma o que pudesse acontecer com os destinos que suas mãos baralhavam. Com um gesto mecânico, o capitão me mandou apontar para minha identidade num leque de carteiras que abriu com uma graça quase feminina. Depois coçou longamente a cabeça, leu meu nome em voz alta e fitou os olhos no infinito, como se estivesse consultando uma lista pregada na lousa de sua imaginação.

— O senhor é médico — disse, sem que eu pudesse distinguir se aquela era uma pergunta ou uma afirmação.

— Estudante de medicina, capitão — respondi.

Um sorriso se desenhou em seu rosto, sem que eu tampouco pudesse deduzir se indicava algum tipo de cumplicidade ou simplesmente de indigestão. Por um segundo pensei que ele ia prosseguir seu interrogatório com alguma indagação absurda sobre minhas origens e minhas idéias, mas limitou-se a extrair do bolso uma folha de papel que reconheci com maldisfarçado terror.

— Esse poema, doutor, é de Bolkonsky, e não é exatamente dos melhores. O senhor o traduziu?

— Sim, senhor capitão.

— É melhor dedicar-se à medicina, camarada — disse por fim, num tom de inesperada cordialidade. — Bolkonsky não merece esses maus-tratos. — Dizendo isso, devolveu o poema ao bolso, fechou minha carteira de identidade e a devolveu com outro de seus sorrisos inescrutáveis.

Ainda confuso, segui para a rua com a docilidade de um cachorro a quem o dono acaba de dar uma surra merecida. No ginásio restavam apenas alguns corpos encolhidos e, em vez de gritos, só se ouviam soluços, batidas impossíveis de identificar, mais passos de botas militares. Fora fazia um frio incomum para aquela época do ano. Começava a amanhecer, e a cidade tinha adquirido um aspecto monástico. Não se via nem rastro de que lá tivesse acontecido algo de extraordinário: os jardins, os edifícios públicos, os bares, tudo estava deserto como numa cidade evacuada diante da iminência de um bombardeio. Mas, chegando ao estacionamento, passei em frente à porta entreaberta de uma caminhonete e distingui em seu interior o corpo retorcido de uma mulher. Parei um segundo para olhá-la, e só então, ao reconhecer com horror minha jovem levantina, compreendi a dimensão do que poderia ter ocorrido comigo. Ainda mergulhado em dúvidas, percebi que a partir daquela noite eu carregaria o estigma que a inaudita indulgência dos meus captores acabava de me impingir. Entendi que naquela manhã minha sorte e minha desgraça haviam decidido que eu não seria como aquela mulher e seus companheiros. Por um motivo que me escapava, o exausto capitão me convertera num dos seus, tatuando-me ao mesmo tempo com o estigma dos que foram eximidos do sacrifício para passar o resto de seus dias banidos pelos semelhantes, imaginando portas e janelas pelas quais me seguiriam, incessantes, a memória daquele belo corpo agora destruído, o medo atroz do velho Gerini ou o simples receio de todos os que desde criança aprenderam a desconfiar da bondade dos estranhos.

Sem eu perceber, tinha anoitecido na quinze. Um cerco de penumbra cingia os muros do barracão, dissolvendo minha relembrança em seu gelado golpe de realidade. A única luz no recinto agora vinha da porta, onde um guarda idêntico aos anteriores oferecia uma garrafa térmica. Ainda abismado na rememoração de trinta anos atrás, bebi um gole e senti um líquido extremamente amargo cerrar minha garganta como se um enxame de insetos venenosos abrisse caminho para meu estômago vazio. Impassível ante meus gestos de engasgo, o guarda anunciou sem mais que o delegado Magoian esperava por mim.

— Aconselho que o senhor mantenha a calma — acrescentou naquele tom meio condescendente e meio cáustico que começava a me irritar. — O delegado fica muito nervoso quando os réus perdem a cabeça em sua presença.

De novo, fui incapaz de interpretar no ato as palavras do guarda. Por um lado, era evidente que buscavam acentuar a tensão do interrogatório prestes a acontecer, mas o tom com que foram ditas também dava a impressão de que já nem o próprio guarda acreditava em sua eficácia. Uma cansada indignação inundou meu corpo, fundindo-se ao torpor que a abstinência de ectricina começava a me causar. A raiva e a ansiedade começavam a tomar o lugar da mansidão com que à tarde me deixara conduzir até a delegacia. Embora minha estada lá começasse a se estender além do esperado, ainda não me resignava a pensar que minha situação, como acabava de insinuar o guarda, fosse literalmente a de um prisioneiro. Convencido como estava da minha inocência, e talvez confortado pela recordação do meu livramento em circunstâncias sem dúvida mais extremas, eu me recusava a sentir-me ameaçado por aquela hoste de retardados que insistiam em aparentar uma segurança de todo falsa. Afinal, pensei, se homens mais poderosos do que eles tinham sido indulgentes comigo em tempos piores, agora as coisas não podiam ser muito diferentes.

Como se quisesse confirmar minhas suspeitas de que eu estava sendo objeto de uma brincadeira, o delegado Dertz Magoian me recebeu em seu escritório encarapitado numa escada de alumínio, concentrado no transe de trocar uma lâmpada. O guarda ficou imóvel a meu lado até que seu chefe desceu da escada e o dispensou com uma voz de barítono que destoava levemente de sua aparência. Só então pude ver por inteiro sua calva proeminente e as amplas bochechas rosadas que acentuavam seu ar um tanto infantil. O corpo abalofado lembrava, sem escapatória, a compleição de um adolescente bulímico, e havia alguma coisa em seu olhar que fazia pensar nesses homens que desperdiçaram a vida fazendo exatamente o contrário do que o destino lhes reservou. Nada na aparência dele indicava que tivesse passado pelo comando das prisões que sua lenda maldita lhe atribuía. Transmitia, antes, uma clara impressão de debilidade e inépcia em face de um sistema carcerário que o sobrepujava e que ele só podia enfrentar com o desajeitamento de quem vestiu uma roupa que lhe fica grande demais. Falava com correção e cortesia, embora houvesse em sua amabilidade um viés de ressentimento que causava franca desconfiança. Suas palavras, seu modo de gesticular e seus óculos de armação acobreada formavam um retrato da mais obscura opacidade, de alguém que não tinha outro remédio senão resignar-se a representar um sistema que só impunha um pouco de respeito graças à mera nostalgia do que fora um dia.

Quando Magoian afinal me convidou a sentar, notei em sua testa uma contração que transparecia um incessante mas infrutífero esforço em aparentar uma carregada severidade. Limpando os óculos com a ponta da gravata, o homem esboçou um sorriso formular e me disse num tom que pretendia ser confortante:

— Não se preocupe, doutor. Esqueça tudo o que porventura lhe disseram sobre meus métodos, nada disso importa. Melhor conversarmos do que nós aqui sabemos de sua vida, ou melhor, do que *não* sabemos. Desde que chegou a este bairro, o senhor guardou um silêncio que não me agrada muito.

Quando penso naquela frase e rememoro o resto da conversa, percebo que praticamente não houve nela nenhuma sentença ou expressão com que Magoian não tentasse desmentir uma lenda de terror na qual nem ele próprio acreditava. O pedido de ignorar o que eu supostamente ouvira sobre seus métodos era tão patético quanto sua convicção de que sua fama de exímio torturador ainda corria por aí. Na verdade, diante dele era impossível não experimentar a tentação de cometer uma temeridade com o único propósito de saber como diabos um homem como aquele reagiria a uma autêntica infração da ordem.

Suponho que tenha sido levado por esse sentimento de suficiência que ousei responder com um tom de desdém:

— Não vejo, delegado, que crime pode haver em levar uma vida discreta.

— A discrição — replicou Magoian sem perder a compostura — é de fato uma virtude, doutor. Mas no seu caso pode virar um problema. Meus antecessores o protegeram por ter colaborado conosco em tempos difíceis, dos quais é melhor nem falarmos. Mas, de alguns anos para cá, parece que o senhor resolveu deixar de existir. É como se fugisse de alguma coisa que não quis nos informar na época.

Numa outra situação, imagino que aquele resumo fugaz do meu passado recente teria sido um alívio para mim. Agora, porém, devia lidar com o paradoxo de que, pelo visto, a inquietação do meu inquisidor resultava justamente do meu empenho em passar despercebido. Por outro lado, pensando bem, a apreciação do delegado Magoian era um tanto imprecisa: até onde minha memória alcançava, não apenas meus anos naquele bairro, mas minha vida inteira havia sido consagrada à invisibilidade, e se num dado momento pareci um delator foi por puro acidente.

O fato de Magoian mencionar minha suposta atividade colaboracionista me causou, então, mais fastio do que terror. Mesmo sem nunca ter entendido em que maldita hora começara a vestir a carapuça do traidor, eu tinha feito o impossível para me resignar a ela, e por isso agora era tão perturbador descobrir que a passividade não bastava para me livrar daquela condição infame. Era como se alguém estranho à minha vontade tivesse resolvido construir minha história atribuindo-me uma série de ações das quais, embora só me fosse dado conhecê-las nos seus efeitos, agora era instado a prestar contas como se de fato fosse o responsável por elas. Se eu realmente havia colaborado na captura dos estudantes que pintaram a estátua de Paoletti era para mim um mistério tão insondável quanto os motivos que aquele atribulado capitão tivera para me poupar a vida. Talvez só me fosse dado entender que não estava a meu alcance decifrar o mecanismo posto em funcionamento naquela noite, quando começara a determinar quem ou o que eu haveria de ser. Minha obrigação se resumia a aceitar sem questionamentos o papel que aqueles tempos me reservavam e tentar esquecer tudo o mais, a exemplo do que a nação havia feito nos anos posteriores à intervenção, atravessando-os como um navio adentra o nevoeiro.

Mas o esquecimento é um privilégio reservado a pouquíssimos. Eu logo pude constatar que os favores da desmemória não estavam ao meu alcance e que minha libertação na universidade me marcara de tal forma que dali em diante não haveria Deus nem ajuda capaz de me devolver à vicária banalidade com que até então procurara conduzir minha vida. Quando conheci Dertz Magoian, eu começava a perceber que os atos mais mínimos adquirem dimensões épicas quando realizados em situações extremas, mas confesso que de início custei a acreditar que um simples *não*, nascido do capricho de um capitão tresnoitado, podia ter alterado a tal ponto a idéia que os outros faziam de mim. Nos dias e nas semanas que se sucederam à minha liberação, à lembrança do corpo estraçalhado da bela levantina foram-se juntando muitos outros sinais da minha queda: olhares esquivos por entre cortinas, recriminações esgrimidas às minhas costas quando subia à noite para meu quarto, rodas de crianças que se desmanchavam quando eu me aproximava, mãos que tremiam visivelmente ao me servir café, sem recolher as moedas que eu pusera sobre o balcão. Era como se o simples fato de ter escapado com vida dos domínios da repressão me tivesse transformado num leproso. Pouco importavam os motivos da minha ressurreição: para o resto do mundo, minha sobrevivência era um sintoma inequívoco de um imperdoável ato de covardia, sem que me fosse permitido apelar contra essa condenação.

Como se isso não bastasse para me envenenar a alma, na mesma medida em que crescia o desprezo dos meus congêneres, acentuava-se o beneplácito dos meus superiores. Um misto de reverência e temor começou a marcar minhas relações com aqueles que exerciam alguma autoridade sobre mim. Na universidade, onde a desaparição de muitos estudantes e a imposição de ignorá-la se tornaram particularmente opressivas, a benevolência de meus professores chegou a tal nível que me fez duvidar de meus méritos acadêmicos, nunca tão notáveis como de repente se fazia crer. Numa ocasião, quase no fim do curso, fiz minha prova oral de alemão diante de uma banca formada por três civis e dois oficiais do Partido. Durante meia hora me fizeram perguntas elementares que lhes bastaram para me dar a nota máxima. Pouco depois, no entanto, um dos oficiais de repente começou a falar comigo em inglês, e eu só consegui responder com o sorriso idiota de quem não entendia uma palavra do que estava ouvindo.

— Por que o senhor não nos disse que também falava inglês? — perguntou-me o oficial depois de uma interminável tirada.

— Eu não falo, senhor.

— Claro que fala. E muito bem, aliás, até melhor do que eu.

O outro oficial do Partido, que mal abrira a boca durante toda a sessão, acrescentou:

— O senhor fala inglês, sim, doutor. Por que insiste em negar esse fato? Do que tem medo? Deveria sentir-se orgulhoso.

Eu ainda tentei explicar que não entendia uma palavra de inglês, mas os dois oficiais me olharam com desaprovação e me mandaram abandonar a sala.

De modo semelhante, os inspetores e guardas que faziam a ronda no meu bairro passaram a me tratar com o maior respeito: não me deixavam entrar nas filas de abastecimento, saíam da calçada para me dar passagem e insistiam em me oferecer sorrateiramente bens e serviços nem sempre dentro das margens da legalidade. De uma hora para outra, virei objeto de privilégios burocráticos jamais solicitados: por engano, eu recebia mais cupons de racionamento do que me cabia, era convocado cada vez mais raramente pelo Comitê de Inspeção Sanitária e minhas jornadas de serviço obrigatório em hospitais de província se reduziram até quase desaparecer. Com isso, meus dias e minhas noites ganharam um tempo que eu deveria considerar precioso, mas que então só fez alimentar a sensação de ser mais uma engrenagem num aparelho cuja mecânica não chegava a entender.

Todas as manhãs eu acordava me perguntando o que esperavam de mim e no que me transformara desde aquela noite no ginásio. Mil vezes revisitei na memória os tempos da revolta e o episódio da enfermaria procurando uma pista, uma palavra ou um sinal qualquer que me permitisse entender quem eu começara a ser a partir daquele momento. Eu me sentia como um corpo solto no espaço que não encontra um planeta, uma estrela ou um simples objeto que lhe permitisse saber sua própria posição no cosmos. Caminhava solitário pelas ruas, voltando sempre sozinho para casa, porque meus colegas se atrasavam sob qualquer pretexto, e a certeza de que eles confabulavam contra mim ressaltava a dimensão de sua desconfiança, sua paralisia compartilhada diante do perigo que os ameaçaria se chegassem a respirar o mesmo ar que eu respirava ou a tocar os mesmos objetos que eu ia acariciando a esmo em minhas caminhadas pela cidade.

Quando lidamos com nossos congêneres de forma rotineira, recebemos a bênção do anonimato. Nosso rosto se confunde com o dos outros e nosso espírito se acomoda preguiçoso à idéia de que a tribo de certo modo nos protege. Quando ficamos sozinhos, ao contrário, adquirimos a consistência vaporosa de quem não tem como se proteger da intempérie, e por isso se move com a eterna apreensão de estar prestes a desvanecer. Era assim que eu andava pela cidade: sonâmbulo, impreciso, como um pária na solidão forçada das minhas tardes, entrincheirado nos meus livros de poesia e nos meus tratados de medicina, tão exposto à repulsa alheia como um maquinista teatral que, senil, irrompesse no palco de um teatro lotado temendo que a peça seja infinita. Reduzia minhas saídas, redobrava a atenção para não ter que sair de casa e sempre me empenhava para que a gola do casaco me poupasse o transtorno de ser reconhecido. Eu matava o tempo lendo, rebuscando discos velhos, em lojas cujos donos infalivelmente se antecipavam a meus desejos, e visitando cafés onde imaginava que todos tinham segredos a ocultar, mesmo sabendo que era justamente em lugares como aqueles que melhor se reconhece quem carrega uma culpa que lhe envenena a alma.

Por fim, temendo já estar no limiar da esquizofrenia, fui cedendo à tentação de agir com prepotência para satisfazer caprichos mínimos, nunca grande coisa, pois mais cedo do que tarde sempre me arrependia de assim alimentar a gregária convicção da minha culpa. Não quero dizer com isso que em algum momento cogitasse oferecer meus serviços ao regime que de repente me adotara. Simplesmente aceitei o fato de que a mim cabia servi-los com o simples e irrefutável ato de continuar vivendo.

Ninguém é capaz de entender o drama dos que em vida se tornam símbolos de abjeção ou heroísmo aos olhos dos semelhantes. Os mortos pelo menos têm em sua condição o privilégio de não mais padecer o profundo distúrbio que implica significar alguma coisa. Os mortos não padecem a diária e rotineira arbitrariedade com que uma consciência plural, intransigente e surda pinta de branco ou de preto existências que na realidade transcorreram como qualquer outra, deslocando-se ao largo de uma difusa gama cromática onde só o diabo poderia apontar a covardia ou o valor, a fé ou o desencanto. Ninguém é capaz de perceber que algumas dessas vidas continuam a ser vividas, clamando por uma anistia, corrigindo-se sem parar ao longo do caminho na esperança de um dia romper a pétrea couraça da visão que os outros têm dela. Ainda hoje me pergunto se minha vida inteira, a partir daqueles dias, não teria sido uma guerra sem quartel exatamente oposta à de Magoian: uma luta para emendar minha lenda maldita, descobrindo repetidas vezes que nunca somos o que queremos ser, e sim aquilo que os outros necessitam que sejamos.

Mas não falo só a partir do meu aqui e agora. Não escrevo isso apenas porque a idade, a desonra ou o cativeiro me deram certa lucidez para entender nossa incapacidade de mudar a imagem que os outros fazem de nós. Talvez seja só a medida da minha resignação o que aumentou, não por descuido, mas porque ao longo desse tempo minha vida foi várias vezes exposta a acontecimentos bizarros que acabariam traçando meu fracasso nesta guerra encarniçada contra mim mesmo.

Numa noite de inverno daquele ano de revoltas e repressão, quando eu ia voltando para casa depois de uma longa jornada na biblioteca da universidade, fui surpreendido por uma forte chuva e tive que me refugiar sob o alpendre de uma casa a poucas quadras do edifício onde eu morava. Como a tempestade não dava sinais de amainar tão cedo, sentei num degrau e esperei, enquanto tentava organizar as anotações que fizera naquela tarde para uma prova que teria no dia seguinte. A água se infiltrava tenaz entre as telhas do alpendre, obrigando-me a mudar constantemente de posição em busca de um canto livre de goteiras. Aborrecido e faminto, recriminava-me por não ter previsto aquela eventualidade que ameaçava roubar horas de sono indispensáveis para eu fazer a prova com um mínimo de lucidez.

Então ouvi alguém me chamar com uma voz tão baixa que mais parecia um pressentimento. Alguém repetia meu nome de dentro de uma das casas vizinhas. O estrondo da chuva sobre o telheiro era tão grande que não consegui saber se quem me chamava era uma mulher ou uma criança. Fosse como fosse, o cansaço e o frio logo puderam mais que minha desconfiança e mergulhei nas sombras. Dentro, em meio a uma cavernosa desordem de cavaletes, telas e móveis cheirando a aguarrás e pobremente iluminados com velas, fui recebido por uma velha com uma menina pequena e franzina abraçada à sua saia. No rosto da mulher, que um dia devia ter sido bonito, acentuavam-se com crueldade as marcas da fome, da angústia e da varíola.

— Não se preocupe, doutor — disse com palavras ralas, mas suficientes para eu reconhecer sua cortante pronúncia levantina. — Aqui o senhor vai ficar seguro até a chuva passar.

Desnecessário dizer que àquela altura eu já me acostumara a receber dos estranhos um tratamento que ainda estava longe de merecer. Contudo, o fato de aquela senhora com forte sotaque estrangeiro me chamar de doutor e dar claros indícios de saber quem eu era me provocou um súbito estremecimento. Era como se ela e a menina fossem as últimas habitantes de um mundo pós-atômico a quem o resto da humanidade tivesse confiado uma última mensagem de reconhecimento ou de recriminação expressamente dirigida a mim. Sem vontade de responder, inclinei ambiguamente a cabeça e fiquei onde estava, ensopado, sem saber o que fazer com as anotações molhadas que ainda apertava na mão, ouvindo a crepitação das velas e o rumor quebradiço da pequena quando se remexia inquieta entre as pernas da mulher.

Mas minha anfitriã mal se intimidou com meu silêncio. Timidamente, levou-me até uma cadeira giratória, sem dúvida tirada do lixo. Depois saiu do aposento, para voltar momentos depois trazendo uma xícara fumegante, da qual provei um desses estranhos chás que reconfortam ao mesmo tempo o peito e o espírito. Aos poucos fui acostumando os olhos à penumbra e então pude observá-la com mais atenção. Com descarado atrevimento, defini seus contornos de velha matrona, essa corpulência adiposa própria das mulheres que, desde muito cedo e por anos a fio, assumem a carga de filhos próprios e alheios, as feições macilentas mas que ainda mostravam uma resignada serenidade, uma aceitação dos golpes do infortúnio com um estoicismo herdado por gerações sem conta. Ela circulava naquele espaço exíguo com uma agilidade de roedor, sem por isso deixar em nenhum momento, até onde me lembro, de confortar a menina que a seguia por toda parte e que ela chamava carinhosamente de Marja. Enquanto as observava, tomado de uma intensa sensação de irrealidade, eu me esforçava para entender como havia chegado àquela casa e quanto tempo se passara desde que cruzara a porta. De repente me dei conta de que a mulher estava contando uma história penosa e desconexa da qual só consegui inferir vagamente a trágica ausência da filha, o exaustivo percurso dela e da pequena por repartições policiais, centrais telegráficas e diretórios do Partido onde preenchera infindáveis formulários para enfim receber a permissão de consultar listas de presos, mortos ou deportados que em nada esclareceram o paradeiro daquela que imaginei ser a mãe da menina.

— Só o senhor pode nos ajudar, doutor — disparou, como se sua súplica fosse a conclusão natural do nosso encontro. — Juro que daremos um jeito de lhe pagar.

Confesso que por um instante, talvez lisonjeado pela confiança que aquela mulher indefesa parecia depositar em mim, eu me senti tentado a responder que faria tudo o que estivesse ao meu alcance para ajudá-la a encontrar a filha. Mas um segundo pensamento foi mais forte e me fez evitar decisivamente qualquer aceno de esperança que eu não queria nem podia lhe dar. De repente, o pedido da mulher me pareceu mais uma daquelas brincadeiras premeditadas com que o destino insistia em me atribuir faculdades que eu nunca tivera. Naquele momento, negar toda e qualquer ajuda àquela mulher era minha única possibilidade de insurgência contra a conspiração que envenenava minha mente havia meses.

— A senhora deve ter me confundido com outra pessoa — respondi por fim, levantando-me bruscamente. — Lamento muito sua situação, acredite, mas não posso fazer o que me pede.

O terror não muito remoto do velho Gerini fechou a cara da velha por um instante, e então cheguei a temer que também ela me suplicasse esquecer a imprudente violação de uma regra não escrita. A menina começou a chorar como se já pressentisse as lágrimas da avó suplicando-me que não a denunciasse, jurando que não voltaria a me incomodar e que Marja era a única coisa que ela tinha no mundo. Engano meu: abraçada à menina, a mulher examinou meu rosto e seu medo deu lugar à calma. Foi como se, através dos meus olhos, ela tivesse sido capaz de descobrir em mim a promessa de ajuda que lhe negara. Então, interrompendo o balanço com que havia conseguido acalmar a menina, abriu a porta, verificou se tinha mesmo parado de chover e se despediu de mim com um sorriso em que pude perceber a enormidade de sua gratidão antecipada.

Magoian representava um assombroso exemplo do equilíbrio difícil mas possível entre a astúcia e a decadência, um modelo perfeito de despudor: salpicava suas perguntas com silêncios que o outro não sabia se devia responder; seu rosto às vezes parecia de pedra, sem que isso bastasse para ocultar a magnitude de sua apreensão, sua urgência de que alguém, de uma vez por todas, lhe desse uma verdade mínima ou grandiosa que lhe permitisse não apenas satisfazer as exigências dos superiores mas também justificar toda uma vida de fracassos e perguntas vãs. Talvez por isso o exasperasse tanto receber perguntas em resposta às suas perguntas.

— O senhor sabe por que razão foi trazido aqui? — inquiriu em certo momento, como se ainda não tivéssemos trocado nenhuma palavra.

— Não, delegado. Talvez o senhor possa me dizer se está me acusando de alguma coisa mais concreta além de um excesso de discrição.

— Eu acusar o senhor? — replicou ressaltando a ironia de

suas palavras, como que em desforra. — Não somos tão ingratos com os nossos, doutor. Só me intriga que um homem como o senhor, um amigo do Partido, freqüente certos estabelecimentos cuja clientela não é exatamente seleta. — Ao dizer isso, tirou de uma gaveta da escrivaninha uma garrafa de aguardente e me ofereceu um trago com ar conciliador. Diante da minha recusa, deu um grande gole e sentenciou: — Os abstêmios sempre guardam algum segredo vergonhoso. Qual é o seu, doutor?

Confesso que a pergunta me apanhou de surpresa. Aquela era a primeira vez que alguém remexia abertamente nos escombros do meu passado. Com seu jeito de quem não quer nada, o delegado tomava de assalto o fio da nossa conversa e exigia à queima-roupa um segredo que eu não tinha certeza de guardar. Sempre acreditara, ao contrário, que eram Magoian e seus homens que guardavam zelosamente não uma, mas infinidades de verdades ligadas à minha existência, explicações que só eles poderiam me revelar, sem que eu nunca acalentasse a mais remota esperança de que algum dia o fizessem.

É verdade que eu tinha parado de beber fazia algum tempo, mas isso se devia muito mais ao fato de a ectricina, vício tão ciumento quanto insidioso, ter desalojado meu gosto pelo álcool. Eu juraria, no entanto, que meu passado na embriaguez e meu presente no delírio da droga não eram coisas que pudessem escapar à vigilância das autoridades. Tinha certeza de que em meu prontuário havia números precisos sobre as doses de ectricina que a própria polícia me fornecia, as datas descaradamente regulares de solicitações da droga que em qualquer outro caso teriam justificado a cassação da minha licença médica, mas que me foram concedidas com aliciante diligência.

Definitivamente, pensei, não era essa a revelação que o delegado esperava de mim. O que ele desejava obter a qualquer custo era a revelação daquele mistério que pouquíssimas pessoas são capazes de explicar: não aquilo que nos mantém acorrentados a este ou àquele vício, mas o motivo primeiro que nos fez cair nele. Confrontado com esse dilema, comecei a temer seriamente não ser capaz de dar uma resposta satisfatória a Magoian. Minha pachorra inicial, fruto, como já disse, da minha convicção de inocência, transformou-se gradualmente numa vaga intuição de culpabilidade. Quando alguém passou boa parte da vida amortecido pela droga, não é nada remota a probabilidade de ter cometido faltas imperdoáveis que não recorda. Ainda assim, nesse momento me senti como um réu que acabasse de entrar na câmara de tortura com a certeza de não dispor da informação que seus carrascos pretendem arrancar-lhe, forçado a inventar uma mentira verossímil, a citar nomes de mortos, de ex-amigos ou pacientes odiosos que uma tarde qualquer também seriam obrigados a confessar crimes nunca cometidos em colaboração com outros inocentes com que mal trocaram algumas palavras.

Nessa noite, porém, qualquer invenção seria insuficiente para satisfazer o delegado Dertz Magoian. Agora eu sabia que a inocência é uma quimera, que todos já cometemos algum crime aos olhos dos nossos semelhantes. Qual era o meu? Em que meandro da minha vida estava esse segredo vergonhoso a que o delegado se referia, aquele que me fizera emboscar na ectricina? Mais forte do que nunca, a vertiginosa convicção da minha ignorância me fez revisitar mais uma vez os dias distantes da minha sobriedade, minha fugaz conversa com o velho Gerini, o incidente da enfermaria e o corpo da garota na caminhonete. E recordei também, como o peregrino que chega a um santuário há muito procurado, meu segundo encontro com a avó da pequena Marja. Nesse momento, encalhado como estava nos baixios da minha memória, não consegui saber ao certo se a mulher me abordara em plena rua ou se a encontrara esperando-me na porta do meu prédio, numa tarde ao voltar do mercado. O fato é que de repente ela estava lá, pálida e solitária, exibindo em plena luz seu velho rosto abatido. Logo ao vê-la temi que estivesse ali para insistir em suas súplicas de ajudá-la a encontrar a filha. Engano meu: impávida, a mulher aferrou meu braço e murmurou com uma solenidade de pitonisa:

— Minha filha morreu, doutor. O senhor a matou.

Também não sei dizer que idéias passaram então por minha cabeça, que misto de raiva ou desconcerto me ruborizou em face dessa recriminação. Recordo confusamente que safei o braço murmurando uma desculpa. Sem olhar para trás, me encaminhei para as escadas, quando senti um forte golpe no ombro esquerdo. Então deixei cair o pacote que carregava nas mãos e me virei para enfrentar o rosto desfigurado da velha, que esgrimia uma pequena faca caseira enquanto me chamava de assassino com toda a força de seu rancor e de sua amargura. Num movimento instintivo, consegui esquivar o segundo golpe, dando na mulher um empurrão que a derrubou no meio da calçada. Lá ficou ela por alguns segundos, alquebrada e ofegante, ainda soluçando suas recriminações enquanto tentava se levantar. A raiva havia desaparecido do seu rosto quando escutei a primeira detonação. Sem afastar os olhos dos meus, a mulher tornou a desabar na calçada enquanto um segundo tiro lhe destroçava o rosto. Tudo ocorreu tão depressa que por um instante esqueci meu ferimento, e em outro gesto automático fiz menção de me aproximar do corpo inerte da minha atacante. Mas uma voz às minhas costas me refreou:

— Volte para casa, doutor. Nós cuidaremos dela.

Lentamente olhei por sobre meu ombro ferido e distingui o vulto de dois homens metidos em casacos pretos olhando-me pelo portão do prédio. O mais baixo ainda segurava na mão um revólver fumegante e me observava com a frieza de quem está habituado a matar. Desviei a vista, recolhi o pacote e subi as escadas como um monge portando as relíquias de um santo cujos méritos não sabe ao certo se chega a compreender. Entrei afinal em casa, depositei o pacote sobre a mesa e o contemplei até perder não apenas a noção de suas dimensões mas também de sua densidade, seu volume, de sua provável consistência sob as dobras de jornal engordurado. De repente, aquele pedaço de carne ou de manteiga se transformou para mim numa massa gigantesca que palpitava loucamente, dilatando-se e expandindo-se como se quisesse também apagar os contornos da mesa, os ângulos das paredes, a irresoluta quadrícula dos meus livros, minha cama, minha roupa cuidadosamente dobrada dentro do armário. Um terror inopinado me levou a maldizer todas aquelas estrambóticas reviravoltas com que o destino se empenhava em me sacudir. Tornei a sentir que em algum lugar do tempo ou do espaço se desenrolava uma existência alternativa à minha, uma vida que usurpava minha mente, sempre encostada aos meus atos sem que eu pudesse reconhecê-la. Essa vida, pensei, devia estar em algum outro lugar, risonha, assistindo aos meus tropeços, provocando-os para em seguida me amparar, desarranjando um mundo que eu queria ordenado, transtornando a causalidade das minhas ações.

O cheiro de gordura animal me deu um nó na boca do estômago. Fui ao banheiro, mas não consegui me aliviar. Observei meu rosto no espelho, a barba de vários dias, a camisa manchada de sangue. Recordei o rosto informe da velha dessangrando na calçada e só me ocorreu pensar na pequena Marja, faminta, desconcertada, fitando-me com seus olhos grandes e retintos da cadeira giratória de sua casa, cantarolando baixinho enquanto esperava em vão o regresso da avó. Foi então que resolvi pedir minha transferência e, num gesto de autômato que se repetiria incessantemente a partir daquela tarde, remexi na minha maleta até encontrar nela uma ampola de ectricina e uma seringa hipodérmica.

— Meu segredo, senhor delegado — arrisquei por fim —, é não ter segredo nenhum. O senhor sabe perfeitamente que há muito tempo tenho problemas com a ectricina.

Mais do que irritá-lo, minha declaração arrancou de Magoian um suspiro de cansaço. De repente olhou para mim como faria um professor que recebe a resposta errada de seu aluno dileto e não lhe resta senão reformular a pergunta.

— Se o senhor não bebe, doutor, por que freqüenta a taverna da rua Berretti?

— Porque lá o café é barato e ninguém parece se importar que eu não beba.

O delegado então perdeu a paciência. Sua estudada cordialidade veio abaixo como um castelo de cartas, dando um murro na mesa.

— O senhor não pode fazer isso comigo! Qualquer um menos o senhor! Diga a verdade, ou juro que vai se arrepender.

Alertado pelo grito de Magoian, um de seus guardas irrompeu no escritório perguntando se está tudo em ordem, senhor delegado. Vinha com o dedo no gatilho da arma e nos olhava não como um subordinado que acode em defesa do chefe, mas como um pai irascível que teve a sesta interrompida pela briga dos filhos. Ao vê-lo, o delegado recobrou o controle, parecendo arrependido de seu rompante, murmurou um "sim" quase inaudível e esperou o guarda sair, enquanto escarafunchava nervosamente as gavetas da mesa.

Enquanto isso, eu me perguntava que rumo infernal a conversa poderia tomar dali em diante. Tínhamos chegado depressa demais a esse nível de suspensão dos interrogatórios em que as forças já foram medidas mas nem remotamente se avista um resultado. O pior era que, por efeito dos gestos e das insinuações de Magoian, eu me sentia imerso numa atmosfera um tanto desconcertante. Agora eu não conseguia me livrar da impressão de que o delegado começava a conduzir suas perguntas partindo de uma oculta marginalidade, como se por trás de sua cambaleante máscara oficial se ocultasse apenas um homem ansioso por conseguir de mim uma confirmação que, mais do que me condenar, poderia significar sua salvação. Por momentos parecia que era ele, Dertz Magoian, quem estava a ponto de fazer uma confissão, embora ainda não soubesse ao certo se era eu a pessoa que podia absolvê-lo.

A incursão do delegado pelas profundezas de suas gavetas durou apenas alguns segundos e terminou com as mãos dele, ainda trêmulas de raiva, voltando à tona com um punhado de ampolas em que logo reconheci as que eu usava para me transportar aos territórios do delírio.

— Consta em seu prontuário que o senhor é um amante da literatura russa — disse ele, sem tirar os olhos das ampolas.

— É verdade, delegado.

— Então o senhor deve conhecer os escritos de Tchékhov sobre sua dificuldade para abandonar a morfina.

— Conheço muito bem, delegado.

— Então, tem alguma coisa importante para nos contar sobre suas visitas à taverna da rua Berretti?

— Nada.

Magoian falava com indiferença, como se soubesse minhas respostas de antemão. Enquanto isso, dispunha amorosamente as ampolas sobre a mesa, alinhando-as à minha frente para que eu pudesse apreciar com toda a clareza seus brilhos, sua consistência ambarada clamando para entrar no meu corpo, já transtornado pela abstinência.

— Olhe, doutor — sentenciou afetando resignação —, a única coisa que resta a um homem nas minhas atuais circunstâncias é trabalhar por uma aposentadoria digna. Conheço muito bem pessoas como o senhor: o Partido está infestado de informantes que não informam e de oficiais que esqueceram como fazer seu trabalho. É por isso que este país está afundando na merda. Cada dia que passa fica mais difícil manter uma rede de inteligência que não dá os resultados esperados. Como o senhor pode ver, tenho tudo o que é necessário para tornar sua vida um inferno. O senhor quer colaborar conosco? É uma pergunta bem simples. Não entendo por que se nega a responder.

Por um momento me senti tentado a reagir de maneira natural, explicando a Magoian que na verdade eu nunca tinha sido informante da polícia. Contudo, a simples idéia de perder minha licença e ver-me de repente desprovido de ectricina me indicou que era hora de encontrar um expediente conseqüentemente ilógico para uma situação que já começava a adquirir um caráter desesperador. Sem eu perceber e no lapso de poucas horas, o delegado pusera em evidência a minha vulnerabilidade encadeando uma série de perguntas cuja resposta eu mesmo ansiava conhecer. Ser de repente obrigado a explicar uma coisa na qual nunca se parou para pensar é por si só uma tarefa bastante ingrata, mas muito pior quando essa explicação precisa se ajustar a uma linha milimétrica de expectativas que nos impõem sem mais nem menos. Tudo isso me pareceu motivo suficiente para tentar uma mudança de rumo definitiva. Com Magoian na expectativa, pensei fugazmente nas minhas circunstâncias, avaliei não a verdade, mas os infinitos caminhos da mentira, a possibilidade de lhe dizer o que ele queria que fosse a *minha* verdade. Quem sabe tenha sido meu instinto de sobrevivência o que prevaleceu naquele momento e me levou a responder com uma ênfase que até me surpreendeu:

— Se acha sua pergunta tão simples assim, delegado, não entendo por que o senhor mesmo não trata de respondê-la. No momento não posso dar a informação que me pede, pois só estou autorizado a revelá-la àqueles que me incumbiram dessa difícil missão. Peço-lhe portanto que acabe de uma vez com esta situação desagradável e não desperdice mais nosso precioso tempo.

Magoian reagiu à minha investida com um admirável estoicismo. Mas não cheguei a ler em seu rosto o efeito das minhas palavras, pois nesse exato instante a lâmpada estourou sobre nós como se não tivesse podido resistir por mais tempo às violentas alterações de temperatura que marcaram nossa conversa. Surpreendido pelo escuro, o delegado proferiu uma maldição tão abrupta que não pude discernir se ela se devia ao estouro de sua lâmpada ou à besteira que eu acabara de dizer. Com as sombras veio também um silêncio denso, quebrado apenas por um crescendo de profundas inspirações que só cessaram quando Magoian gritou o nome de um dos guardas:

— Leve este homem para casa — murmurou quando o guarda entrou no escritório ofuscando-nos com sua lanterna. — E tome as providências para que ninguém volte a incomodá-lo. — Depois de dizer isso, inclinou-se pesadamente junto à escrivaninha, extraiu outra lâmpada de uma gaveta e puxou a escada de alumínio com um gesto de martírio que inexplicavelmente me fez sentir pena dele.

II. OS ÓRFÃOS DO *LEVIATÃ*

Um golpe de náusea me cegou por instantes enquanto descia do trem em Malombrosa. Hipersensível às misérias do porto, ou ainda atordoado por minhas rememorações ao sabor da ectricina, imediatamente confirmei que num lugar como aquele meia humanidade devia estar batalhando por alguma coisa que a outra metade não estava disposta a ceder de mão beijada. Embora a perspectiva de me instalar num ambiente hostil não me fosse de todo estranha, desta vez me pareceu que as coisas tinham matizes mais difíceis de relevar. Por um lado, era tranqüilizador saber que ninguém ali sabia do meu passado, e que até a polícia daquela província remota dificilmente mostraria a mesma onisciência que a da capital ostentara orgulhosa até bem recentemente. Além disso, eu levava algum dinheiro, roupa e ectricina suficientes para sobreviver por várias semanas, portanto não era a indigência o que me preocupava. Era outra coisa, provavelmente o temor de um dia retomar minha rotina sem ter enfrentado os demônios que me acossavam, ou quem sabe a indiscernível suspeita de que essa viagem encerrava a ameaça de uma metamorfose contra a qual eu lutara desde meus tempos de estudante e que começara a ganhar força quando a multidão me levou aos trancos para fora da estação de trem.

A essa hora da tarde, as casas, ruas e lojas de Malombrosa respiravam um incômodo silêncio de clausura. Nada ali lembrava a proverbial animação desses portos que há séculos abrigam putas e marinheiros na desalentadora transitoriedade de suas viagens. Quando pude enfim perguntar a um marinheiro por um lugar onde me hospedar, ele me olhou como se a simples idéia de ficar ali fosse o maior dos desatinos. Mais tarde, porém, quando fui até o posto portuário comunicar minha chegada, conforme devia, os próprios responsáveis pela repartição policial sugeriram que eu procurasse uma pensão, pois nesses tempos os registros de hóspedes eram os únicos documentos confiáveis com que as autoridades podiam contar. Parece que ainda escuto a voz da funcionária prognata que então me disse, no tom de quem já está farta de repetir sempre a mesma explicação a muitas pessoas: — Se o senhor tem dinheiro, posso lhe arranjar o que quiser, menos um registro legal de chegada. Aqui a lei é a única coisa que nem com todo o ouro do mundo é possível comprar. — Depois de dizer isso, me entregou a contragosto o cartão de uma pensão de nome visivelmente estrangeiro que tinha, não obstante, a sonoridade nefasta com que todas as línguas nomeiam certos insetos peçonhentos.

Saí da repartição com o desconcerto de ter deixado de sentir, a um só tempo, a ameaça e a proteção dos poderosos. Uma fileira de sirenes de navios se misturou de repente ao inusitado canto de um muezim chamando à prece por um alto-falante. Temeroso de que a noite me surpreendesse antes de achar abrigo, aferrei-me ao cartão que a mulher da polícia me entregara e me internei na cidade.

Depois de meia hora, desemboquei num empório a ponto

de fechar. Pairava no ar um cheiro ardido em que pude distinguir lembranças de cravo, açafrão, pimenta, uma bacanal de especiarias cujos restos ainda cobriam o chão com um tapete evanescente. Já quase me declarava perdido quando divisei, no fim da rua, o azul inconfundível com que em outros tempos pintavam as fachadas de certos motéis obliquamente administrados pela polícia. Acima da porta havia um letreiro com o nome da pensão encabeçando uma lista absurda de serviços que incluía remessas postais, assistência datilográfica para o preenchimento de licenças navais, aluguel de instrumental médico para a extração de dentes e apoio jurídico em gestões junto a não entendi que agência de comércio marítimo. Antes mesmo de eu encontrar a campainha, a porta se abriu pela mão de um homem cujos modos lânguidos ficariam perfeitos na pessoa de um agente funerário. Sem cortesia nem mau humor, meu anfitrião anotou os dados da minha carteira de identidade e me conduziu em silêncio até um quarto cujo único atrativo era um retalho de mar que aparecia tímido na janela hermeticamente fechada. O grito agourento de uma legião de gaivotas atravessava aquelas paredes visivelmente frágeis, empapeladas de amarelo, que ladeavam um catre de lençóis velhos, uma mesa sem cadeira e um vaso de plástico ostentando uma flor alaranjada, também de plástico. O piso e o mosaico no corredor fediam a água sanitária. Uma cordilheira de bolhas de estuque denunciava que o teto fora recentemente pintado para disfarçar uma epidemia de infiltrações irreparáveis. A rigor, nada nessa pensão mereceria a queixa iracunda de um hóspede sem melhor opção, mas as paredes, a mobília e o ar generalizado de limpeza sem capricho me injetaram um desalento que eu só sentira nas salas de cirurgia onde tinha dado plantão nos tempos de residência. Quando afinal reuni forças para dizer alguma coisa, vi que o homem havia sumido sem nem se dar ao trabalho de me indicar onde ficava o banheiro.

Sua ausência me deixou suspenso no vão da porta, reiterando em mim que não conseguiria agüentar muitos dias aquele ambiente de asseio policialesco em que cada canto podia estar semeado de olhos, microfones e sensores minúsculos mas capazes de registrar o mais tênue reflexo de certa idéia subversiva.

Um ressaibo de medo me fez jogar a mala sobre a cama e fugir dali como se acabasse de encontrar um cadáver no armário. No balcão da portaria, meu anfitrião mal ergueu a vista quando passei. Em todo caso, nem precisei olhá-lo para notar o zelo com que imediatamente abriu seu livro de registro e anotou o minuto exato em que cruzei a porta da pensão para me entregar de novo ao ventre escuro de Malombrosa.

A primeira coisa que chamou minha atenção ao voltar para a rua foi a mudança radical operada na atmosfera do porto no pouco tempo que levei para me instalar na pensão. Com a noite, Malombrosa adquirira uma vitalidade que destoava completamente da letargia jurássica da tarde. Vielas abarrotadas de estivadores desembocavam umas nas outras, conformando uma intrincada teia de aranha onde por momentos era impossível distinguir o caminho para o mar. Vendolas, tavernas e casas idênticas davam para praças minúsculas onde reinava sempre a mesma desordem ilícita, as mesmas mulheres semi-ocultas num vão qualquer, pálidas, combalidas, plantadas em suas saias como se ocultassem não apenas a promessa de um amor barato mas verdadeiros arsenais de armamento soviético, montes de notas falsas, rações desmedidas de manteiga ou chocolate. Mais do que uma antiga base naval, a essa hora Malombrosa parecia um cenário arrancado de um filme ruim de piratas ao qual a marcha do progresso não havia dado tempo sequer de maquiar a caraça de um ator decadente que continuava esperando a oportunidade de se pegar a navalhadas com o primeiro que o olhasse atravessado. Logo me dei conta de que o único jeito de não me perder naquele carnaval filibusteiro seria farejando a linha do mar, para onde me guiaram a maresia e a luz providencial de vários mastros apinhados no porto. Também lá as embarcações e seus tripulantes eram presas de uma agitação desconcertante: marinheiros ébrios desciam de seus navios empurrando contêineres de alumínio, caixotes e sacos que se perdiam dentro de grandes barracões semelhantes a lanternas mágicas esquecidas na praia por uma família de gigantescos saltimbancos. Aos poucos, avançando obstinado como um náufrago rumo àquela escura linha de água, percorri o cais até que o barulho ficou para trás e as luzes de Malombrosa se esmaeceram, adquirindo uma tonalidade de distância que sempre teve o dom de me devolver a paz.

Caminhei assim por algum tempo, cadenciando a respiração como se acabasse de escapar de um sonho ruim. Nesse momento, como nascidos da crescente escuridão, escutei os acordes de uma canção de Kurt Wessel. Atraído por essa ilha de calma numa borrasca de gritos e coros ébrios, comecei a procurar ansiosamente a origem da música. Por fim cheguei a uma espécie de taverna em cujo balcão cochilava um homem de rosto aciganado. Aproximei-me dele sem pensar e lhe pedi um café preto na mesma meia-voz com que costumava fazê-lo no botequim da rua Berretti. Mas o homem me olhou como se eu acabasse de lhe perguntar quanto ele cobraria para assassinar a minha mãe. — Faz pelo menos trinta anos que não servimos mais café aqui — disse como se transmitisse um segredo de Estado, e em seguida pôs na minha frente uma xícara cheia de uma bebida branca e viscosa cujos componentes preferi não indagar. Então a canção de Wessel de repente se interrompeu e a jukebox, alimentada por outra pessoa atrás de mim, impregnou o ar com os acordes de uma ária em que consegui reconhecer o timbre angelical de La Trivessi. De repente foi como se aquela voz, surgida de um recanto fulgurante da minha adolescência, tivesse batido no meu ombro para me dizer que, apesar do meu aparente extravio, eu estava no caminho certo, talvez não para encontrar a Leoparda, mas aquele outro personagem que, do meu interior, vinha empurrando meus passos e vivendo minha existência sem que eu nunca pudesse evitar, que dirá entender.

Tamanho foi o pasmo que a voz de La Trivessi me causou, que levei mais de um segundo para procurar a pessoa que teria escolhido justo essa canção para que eu escutasse. Mas aquele enviado celestial já desaparecera. Olhei então pela janela e meus olhos se cruzaram fugazmente com os de uma mulher lívida que me observava como teria feito uma bela afogada do fundo de um poço. A visão durou apenas um instante, mas os traços da mulher, acentuados pela cabeleira basta e crespa, de súbito me estremeceram com a impossível recordação da moça levantina que eu brevemente amara trinta anos atrás. Num piscar de olhos, deixei de vê-la, neguei tê-la visto, tornei a reconhecê-la e por fim abandonei a taverna com a urgência incontrolável de alcançá-la.

Ainda martelavam em meus ouvidos as imprecações do cigano exigindo o pagamento, quando notei que já estava galgando uma longa escadaria que se perdia no alto de uma escarpa. Por ela cheguei a outra praça, a última, defronte à qual se impunha a fachada de uma casa gigantesca com o interior profusamente iluminado, quase um palacete, de onde emergiam gargalhadas, mais música, um ruído de garrafas no transe de serem esvaziadas ou quebradas. Uma mulher obesa fumava placidamente na varanda com o ar de uma caftina habituada a avaliar e confortar quem se aventurava em seu território. Apesar da minha proverbial tendência a não me meter em lugares desse tipo, naquele momento não pensei duas vezes e me aproximei da matrona. Ia pronunciar um sufocado boa-noite quando ela se adiantou aos meus propósitos com desarmadora familiaridade: — Que bom vê-lo por aqui, doutor. Não pensei que viesse nos visitar tão cedo. — Seu cumprimento me pareceu saído de um desses espaços sonhados que ameaçam virar pesadelos sem nunca passarem disso: um sonho, um grupo funesto de signos que, no entanto, não deixam de nos assombrar. Então, como se quisesse acentuar o efeito que sua presença ia fazendo no meu ânimo, a mulher se inclinou para que eu, de surpresa em surpresa, reconhecesse a mandíbula prognata e os olhos miúdos da funcionária que naquela mesma manhã se negara a me registrar no posto policial do porto.

Quando não me aplico a contento na docilidade exigida por meus vigilantes, recebo indistintamente uma injeção de sulfazina ou de haloperidol. A primeira aumenta dramaticamente minha temperatura corporal, provocando uma dor insuportável e mergulhando-me numa prostração semelhante à provocada pela ectricina, mas preservando a lucidez. O haloperidol, ao contrário, perturba completamente meu juízo, e em seus braços padeço alucinações enlaçadas a certas imagens que não parecem propriamente lembranças, e sim invenções ou hipérboles de alguma coisa que tempos atrás vivi sem me dar conta. Largado na cama ou encolhido num canto da minha cela, distingo o eco dos passos de cada um dos habitantes do porto de Malombrosa tão claramente quanto a voz da mulher do casarão. De repente sou capaz de identificar todos os sons, todas as risadas que brotam às costas dela e até o rumor já abafado da canção de La Trivessi e os passos espectrais da moça que me levara até lá. E posso também identificar o que nunca escutei ou não cheguei a registrar: o ruge-ruge de uma saia sendo ansiosamente levantada pelas mãos de um marinheiro, o estrondo de caixotes sendo arrastados numa venda ou o suspiro contido do recepcionista da minha pensão, que imagino insone, perguntando-se a razão da minha demora, rebuscando as palavras que usará no relatório dando conta do meu súbito desaparecimento. Não preciso forçar a memória para sentir o cheiro mentolado do cigarro da caftina ou para ver novamente seus olhos felinos, a penca de suas mãos cobertas de anéis, a fita verde no cabelo, a pinta obscenamente grande desenhada no rosto como notório sinal do seu desejo de diferença, da divisão natural entre a sobriedade de suas funções policiais e sua barroca condição de fornecedora de prazer.

Olho para ela e sinto que, mais do que incômodo, reconhecê-la me causou certo alívio. O fato de essa mulher precisa, objeto de uma transformação tão peculiar, me receber com a notícia de que esperava minha visita gera em mim uma sensação diferente da que costumavam me provocar aqueles que antes dominavam os mecanismos secretos da minha vida. Às vozes do delegado Dertz Magoian e da anônima velha que um dia tentou me assassinar contraponho agora a voz afável daquela caftina que não me trata como um informante digno de temor ou de ódio, mas como o indivíduo ansioso e errático que sinto ser nesse momento. Descubro uma coerência inusitada nas duas caras dessa mulher. Nela os extremos não se chocam como no caso do pobre delegado Magoian: antes se enlaçam, se tocam com naturalidade como se conformassem essa linha circular, perfeita e lógica que une o poder e a necessidade.

Impassível diante do meu espanto, a mulher termina seu cigarro, guarda a piteira no decote e me convida a entrar com um trejeito cortesão. Sujeito a seus desígnios, descubro na lembrança que a temperatura do meu corpo não disparou como quando me injetam sulfazina, mas que decai de maneira dramática, porém mais prazerosa. Ao entrar no casarão, sinto o súbito abraço de uma densa nuvem de calor que vem secundada por mais fumaça, por um vapor de corpos que aspiram e exalam, embaçando as janelas. Reina no local uma luz acolhedora que contrasta com o brilho fúnebre do meu hotel no porto. Presas evidentes do festivo motim da carne, os aposentos da casa deixam à vista autênticas barricadas de sofás, poltronas e travesseiros cujo estofamento, em todas as variantes do vermelho e do cor-de-rosa, exibe sem pudor suas entranhas de espuma, manchas e rasgos que sugerem brigas de faca. Do andar de cima se derrama sobre mim uma cascata de gemidos intermitentes que descem pelas escadas abraçando-me com sua promessa de transgressão e abandono. Ainda no saguão, posso observar as portas entreabertas de alguns quartos anunciando fragmentos de carne, manchas indistintas de pele branquíssima, cordilheiras de lençóis que às vezes se suspendem para mostrar dois, três corpos a navegar em ondas inquietas.

— Basta o senhor me dizer até onde está disposto a chegar e como pensa pagar — interrompe-me a madame, como o reizinho de um país indômito que recebe um embaixador sem experiência. — Como já disse, temos limites para tudo, mas o senhor se espantará ao ver como é difícil atingi-los aqui.

— Estou à procura de uma pessoa, senhora — gaguejo sem conseguir tirar os olhos dos andares superiores. — Estou à procura de uma pessoa, mas não estou bem certo de que seja este o lugar onde posso encontrá-la.

Logo me arrependo de ter falado. A droga de muitos anos depois ou a abstinência de então, mais o cansaço, a atmosfera descomedida do casarão no penhasco e a presença daquela mulher, tudo me levou a um estado onírico em que me é impossível raciocinar. Minha boca funciona com escorregadia espontaneidade, entregue às intuições e aos mandatos do mais absoluto imediatismo. Já não me interessa saber se a caftina está ouvindo minhas palavras com clareza ou se o espectro de cabelo preto que eu seguia se encontra na casa. Quero apenas ser ouvido, preciso que a madame me proteja e até espero que ela própria me diga o que é que na realidade me levou até lá.

Passado um longo silêncio, a caftina extrai novamente sua piteira e murmura:

— Não se preocupe, doutor. Se não tivermos aqui o que o senhor precisa, acharemos quem o ajude a esquecer.

— Não é isso que estou procurando — minto por fim. — Preciso encontrar a Leoparda o quanto antes.

Se não fosse pela abundante maquiagem que cobre seu rosto, eu juraria que a caftina ficou pálida. Logo se recupera, finge puxar da memória e por fim anuncia com visível desprezo:

— É preciso muita coragem ou muito medo para chegar até aqui perguntando pela Leoparda. Quem o mandou?

— O delegado Dertz Magoian. Disse que ela saberia me ajudar enquanto as coisas se acalmavam. Isso é tudo.

Minha anfitriã perdeu o ar cordial que mostrava minutos antes. Sua testa se obscurece sob um véu de suspeita, seu queixo se projeta até dar-lhe um ar simiesco e terrível. Por um momento seus olhos minúsculos buscam um lugar onde pousar, percorrem o edifício como se acabassem de descobrir na festa um detalhe inquietante. Por fim se detêm nos meus, me dissecam e, com a visão das minhas vísceras, se adoçam com o brilho de quem costuma tomar decisões sem muito tempo para avaliá-las.

— O que o senhor achou da pensão que lhe recomendei, doutor? — pergunta à queima-roupa.

— Um horror.

A caftina concorda, aparentemente satisfeita com a minha resposta, e com um gesto de mão me convida a acompanhá-la.

Enquanto subimos a escada, ela me faz vagas promessas cujos detalhes não entendo ou não recordo. Chegamos a um quarto que me recebe com inesperado aconchego. A cama foi arrumada com um capricho meio doméstico e as paredes estão decoradas com imprecisas paisagens de portos, praças e montanhas que se esfumam sob pores-do-sol em rosa-shocking. Sem dizer mais nada, a caftina me abandona impregnando o quarto com uma última baforada de fumaça. Então começo a me despir com a morosidade de um neófito e me armo de paciência enquanto temo a chegada de uma garota na qual desejo descobrir o fantasma da minha bela levantina.

Passada quase uma hora, encaro a evidência de que ninguém virá me buscar nesta noite. Percebo então que já cheguei ao meu destino e que de agora em diante a Leoparda saberá decidir melhor do que eu o que na verdade estou procurando.

Ainda nu, sentado como então na beira desta cama desarrumada que poderá ser a da minha morte, observo minha cela e sinto mais saudade do que nunca daquele quarto no bordel de Malombrosa. Talvez meus vigias venham exagerando na dose. Ou quem sabe seja a carta de Marja em minhas mãos o que agora me devolve a integridade e a lucidez com que naquela noite na mansão da Leoparda voltei a analisar minha situação. Leio a carta, noto o desalento com que Marja me fala de sua vida recente, seu regresso ao porto, seu infinito fracasso, com a consternação de quem não consegue entender por que os anos a tornaram mais fria, como se a garota que eu tanto amei tivesse mudado de pele para descobrir que seu novo rosto não é melhor que o anterior. Acabo de ler e fito de novo essa porta que, pelo menos nesta noite, não se abrirá para fantasmas, nem putas, nem guardas vestidos de enfermeiros. Minha memória volta a disparar, mas desta vez de um jeito mais manso, já longe do caos sonífero que me assaltou horas atrás, enquanto me injetava ectricina a bordo de um trem repleto de desconhecidos. As recordações desfilam diante de mim não mais como imagens mal alinhavadas nos atoleiros da droga, mas com uma qualidade mais pura, filtrada por minha repentina vontade de entender e racionalizar tudo. Sem angústia, agora me deixo levar pela inesperada potência de encontrar explicações e não mais alimentar a confusão que começou a me abandonar quando reconheci a caftina nos umbrais do casarão. Em algum lugar do edifício ainda se escutam risadas femininas, um homem exige que por piedade o libertem desta prisão infame, o teto retumba com golpes ritmados em que não consigo discernir a cadência do amor ou as cabeçadas de um interno que enfim se resignou a perder o juízo. Então volto a pensar no delegado Dertz Magoian, evoco sua miséria de lâmpada elétrica e revivo o monstro que juntos desencadeamos na pessoa do terrorista Eliah Bac. Penso igualmente em tudo o que aconteceu depois do nosso primeiro encontro na delegacia, naqueles eventos desmedidos ou bizarros, submetidos não apenas às condições do brutal, mas às desse reino tenebroso onde a covardia e o heroísmo se confundem para se transformar em símbolos, em gestos aparentemente absurdos que, no entanto, nos estremecem como um aracnídeo invisível que nos injetasse uma doença fulminante.

Já não sei se devo atribuir tudo isso à história ou se é simplesmente minha imaginação que me intoxicou a memória dos fatos que motivaram a rebelião de Eliah Bac, a morte de Magoian e minha fuga para Malombrosa. Muitas vezes a mente nos engana dessa forma e nos faz acreditar que um acontecimento insuspeitado já estava veladamente inscrito em tudo que fizemos ou escutamos na véspera. De repente, as palavras, os eventos e os atos que precedem um desastre adquirem um caráter de prenúncio, e em tudo vemos um sinal que, malandramente, só depois da comoção somos capazes de apontar, com vaga admiração. Pode ser que os dias anteriores à minha partida para Malombrosa tenham sido idênticos a qualquer um daqueles muitos que vivemos aguardando a ruína do Grande Brigadeiro, mas eu agora os percebo como os últimos de uma forte expectativa, algo assim como a coda daquela longa seqüência de absurdos que começara a se gerar assim que deixei o delegado Dertz Magoian trocando uma lâmpada no escuro de seu escritório.

Já desde o momento em que o guarda do delegado me deixou em casa com um grunhido tão hostil quanto ominoso, já nas noites sem lua nem sono que se seguiram, bastava-me olhar para a rua para sentir a opacidade com que o interrogatório de Magoian me velara os olhos, transtornando mais uma vez a idéia que até então eu tivera de mim mesmo. Se em outros tempos meu singular idílio com as autoridades se baseara em situações relativamente alheias à minha vontade, agora me atormentava pensando que minha atual liberdade se devia tão-somente a um pecado totalmente intencional: pela primeira vez na minha longa trajetória de breves detenções e vagas traições eu tinha mentido para a polícia de maneira consciente. E essa simples mentira, aquela simples insinuação de que eu estava na pista de um suposto complô, bastara para me salvar provisoriamente do rancor do delegado.

Não raro, quando essa certeza de ter mentido para as autoridades tocava as raias do insuportável, eu enganava a mim mesmo pensando que minha bravata bastaria para preservar os cuidados que até então me haviam dispensado. Com o passar dos dias, porém, percebi que certas mentiras precisam ser cultivadas para continuar existindo sem que se revele sua real natureza. Como bem dissera o delegado em seu interrogatório, o Partido já não estava em condições de sustentar a miragem construída ao longo dos anos; sua falsa aparência de verdade definhava de inanição e exigia, portanto, que todos os seus aliados e todos os seus recursos se voltassem para alimentá-la. Dito de outro modo, em grande medida, estávamos correndo contra o tempo. E Magoian sabia muito bem disso: se eu lhe dera alguma esperança de obter informações para satisfazer seus superiores, ele não descansaria até saciá-los, ou até me destruir com todas as forças do seu ressentimento ou do seu desespero.

Foi diante dessa encruzilhada que decidi ressuscitar Eliah Bac. Resolvi me apropriar de sua vida porque só eu conhecia sua morte e só eu, portanto, podia reintegrá-la à existência sem que nada lhe importasse a segunda chance que eu lhe dava sobre a terra. Afinal de contas, pensei, ainda não era tarde demais para reconhecer que a chave da minha vida talvez estivesse não só na minha folha corrida de delator improvisado, mas que bem podia remontar mais além, mais fundo, a esse lugar da memória onde dormem certas confissões que em seu tempo nos pareceram banais, mas que anos mais tarde vêm à tona inchadas pelo cansaço, pela angústia ou pela mera necessidade.

Não sei nem me importa grande coisa determinar até que ponto me negara a recordar a história de Eliah Bac nem em que medida as ameaças do delegado me obrigaram a fazê-lo. Faltaria à verdade se dissesse que reviver os detalhes da desgraça daquele rapaz foi uma espécie de iluminação; se afirmasse, por exemplo, que um dia como qualquer outro acordei com a história dele entre os olhos, tão viva e nítida como se a tivesse arrastado para a vigília depois de sonhos intranqüilos. Não foi assim: o drama de Eliah Bac entrou sorrateiro pela porta dos fundos da minha memória, pela mão de uma dessas associações arbitrárias com que o cérebro fervilha quando é submetido à irritação da droga ou do simples medo.

Nos dias posteriores à minha primeira conversa com o delegado, achei que não seria difícil conseguir as provas que ele me exigia para retomar o fornecimento de ectricina. Pensei que, num tempo em que qualquer coisa era digna de suspeita ou de denúncia, bastaria eu abrir os olhos e prestar atenção às obscuras conversas de café que em outros tempos fingira ignorar. Qualquer assunto ou frase suspeita poderia me servir para provar que, de fato, estava em curso uma conspiração no país. Tinha certeza de que não faltaria uma piada mais forte, um deslize, um panfleto sob a mesa, enfim, qualquer fio que permitisse um profissional da desconfiança como Magoian desenrolar à vontade uma meada de subversões, crimes políticos e denúncias que pagariam meu sossego por tempo ilimitado.

Em menos de uma semana, porém, tive de reconhecer que também a traição exige talentos que não possuo. Mesmo filtrados por minha ansiedade, ou talvez por isso mesmo, até os mais rudes fregueses da taverna da rua Berretti de repente começaram a mostrar uma inocência francamente desanimadora. E aqueles atos que antes me pareceriam dignos de ser denunciados como evidências de uma conspiração se reduziram a provocações risíveis, resmungos equívocos que o delegado Magoian nem sequer se daria ao trabalho de registrar. Perdido como eu estava no beco da minha própria mendacidade, constatava que todos aqueles anos sob o regime nos adestraram no exercício de uma espontânea, inconsciente discrição: quando uma frase mais dura era lançada ao ar no botequim, ia sempre encouraçada de ambigüidade, sempre com o impulso exato apenas para roçar a beira do delito e recuar justo a tempo, como por arte de magia. Nunca escutei nada que ultrapassasse de maneira explícita as margens da lei, nada que não fosse equívoco, impalpável, sempre insuficiente para ser considerado realmente suspeito e merecer uma delação. Podia-se dizer que o único complô então em curso era aquele destinado a me esfregar na cara a estupidez de ter-me metido numa encrenca da qual não teria como me desvencilhar.

Enquanto isso, o delegado Magoian tratou de me lembrar sua ameaça e seu poder com muita eficácia. Quando meus estoques de ectricina começaram a minguar visivelmente, mandei ao Ministério da Saúde uma solicitação que em outros tempos teria sido atendida sem reparos, mas que agora tivera como única resposta uma carta pedindo-me que detalhasse o nome e o quadro clínico dos pacientes a que o medicamento se destinava. A rigor, isso ainda não podia ser considerado uma interrupção definitiva do meu fornecimento, mas era um claro indício de que as regras do jogo tinham mudado e que o delegado continuava esperando minhas denúncias em troca da minha tranqüilidade.

Deve ter sido por esses dias que comecei a imaginar o rosto do delegado Dertz Magoian como a carranca de um lagarto imenso, ávido de informações, de dados e delações que necessariamente deveriam ser verídicas, precisas e irrefutáveis. Nunca fui muito afeito às metáforas que excedem os limites da poesia, mas naquele tempo a ectricina me inundou com pesadelos de um simbolismo tão vulgar quanto humilhante. Eu delirava, e via, por exemplo, que as portas dentadas do escritório do delegado se abriam para uma caldeira que eu devia alimentar usando uma pá minúscula. Outras vezes era o próprio Dertz Magoian que tentava me engolir na companhia de inúmeros peixinhos coloridos. Confrontado ao acordar com a obviedade daquela alucinação, sentia vergonha de que minha angústia só conseguisse se manifestar assim, por meio de imagens pueris, evidentemente extraídas de passagens bíblicas ou de contos de fadas insuflados numa infância não exatamente feliz. Mais do que um profeta reticente devorado por um tubarão imenso, sentia-me como o boneco desajeitado que, preso no ventre da baleia, avalia sem esperança suas chances de vir a se transformar num homem de verdade.

Por mais estranho que possa parecer, foram justamente essas visões que me levaram até a lembrança da história de Eliah Bac. Aos poucos aqueles sonhos com caldeiras insaciáveis, portas dentadas e peixes enormes foram substituídos, sem razão aparente, pela imagem de um grupo de crianças que corria junto a um cais cercado de barcaças, rebocadores e submarinos corroídos. Não tive que pensar muito para entender que essa visão não provinha da minha própria infância, mas que outra pessoa a plantara na minha imaginação. Então fiz o que pude para desalojar aquela cena da mente, já bastante atormentada por minhas próprias aflições, mas os garotos continuaram a me visitar, suas brincadeiras e tropelias junto ao mar me seguiram sem trégua, me assediaram e acabaram cercando-me numa tarde de novembro em que, ao procurar o nome de um paciente que justificasse altas doses de ectricina, topei por acaso com a ficha clínica do sargento Kirilos Grieve.

Minha assistente se esmerara bem pouco ao completar aquele velho registro, mas não pude culpá-la: a julgar pelo quadro clínico, o tal Grieve estivera duas vezes, se tanto, em meu consultório para tratar de uma cirrose fulminante. Embora aquilo tivesse acontecido havia mais de sete anos, pouco depois da minha transferência para o território de Magoian, não tive que fazer um grande esforço para resgatar aquele paciente da memória com inusitada nitidez: lá estava ele, enorme, sentado à minha frente numa cadeira frágil demais para ajudá-lo a suportar a notícia fatal que eu acabava de lhe dar. Ele ainda tinha aberta a camisa que havia tirado para um último e inútil exame. Não cheguei a precisar na memória os detalhes do seu rosto, mas consegui atribuir-lhe o inchaço, as rugas prematuras, o tom salmonado dos muitos alcoólatras com que cruzei desde então. Tão logo repeti que não lhe restava muito tempo de vida, Grieve baixou os olhos como se procurasse entre as pernas uma mancha vergonhosa ou um rasgão irremediável. Eu já ia acrescentar que a consulta tinha terminado, quando ele ergueu o rosto, engoliu em seco e pronunciou o nome de Bac como se respondesse a uma pergunta que eu não me lembrava de ter feito.

— Eliah Bac, doutor — repetiu sem me dar tempo para fingir que não o escutara. — O senhor não sabe quanto pesa um morto.

No lapso de um segundo, Grieve sofrera uma transformação brutal. Já não se mostrava abatido nem desolado pelo diagnóstico. Outra coisa agora ocupava sua mente e se refletia em sua voz, não mais apagada, não mais amedrontada pela iminência da fatalidade. Até seus olhos refletiam uma firmeza impensável instantes atrás. Era o olhar próprio de quem está prestes a se internar na noite e se detém apenas para se livrar de um fardo que a essa altura já é desnecessário carregar.

Grieve começou a abotoar a camisa com uma lentidão um tanto hierática. As palavras da minha assistente tentando acalmar os demais pacientes na sala de espera abafaram sua voz rascante, dando-lhe um matiz de segredo. — Pelo menos — acrescentou — não vou lhes dar o gosto de me castigarem. — Falava como se já estivesse de fato morto, ou até pior, como se meu diagnóstico o tivesse ajudado a reconhecer que contava séculos habitando o inferno.

— Tente parar de beber — aconselhei num último esforço para atalhar sua ameaçadora loquacidade. — Nesses casos nunca se sabe.

Mas Grieve me olhou como se olha um jogador azarado que pede um novo prazo para saldar uma dívida inadiável.

— Não — replicou. — Já está mesmo na hora de acabar com isso de uma vez por todas.

Um tremor salivoso esboçou em seu rosto a ameaça de quem sabe se fazer obedecer. Enfim derrotado, baixei a guarda e me sentei na borda da mesa, anunciando com esse gesto minha resignação em escutá-lo.

O relato deve ter sido menos detalhado do que me recordo, pois demorou o tempo que Grieve levou para se vestir. É possível que eu mesmo o tenha retocado à medida que o acaso ou a necessidade me levou a repeti-lo. Nem sequer estou certo se foi mesmo o sargento Kirilos Grieve quem naquela tarde incrustou na minha memória a imagem das crianças no píer. Bem pode ser que aquela cena, como tantas outras que agora evoco na velhice e no cansaço, tenha sido apenas mais uma invenção nessa borrasca de quimeras que acabou por me fazer duvidar até da minha própria existência.

O que posso garantir, sim, é que foi o sargento Grieve quem pela primeira vez me advertiu sobre os horrores do porto de Malombrosa. Um inferno, disse ele então, enquanto ainda pelejava com os botões de sua camisa, um porto de merda onde não valia a pena ser soldado, doutor, porque lá só importavam os submarinistas, um bando de oficiaizinhos imberbes que se julgavam ungidos pelos deuses e olhavam com desprezo para qualquer um que não tivesse colhões para passar meio ano a trinta metros de profundidade, no mínimo. Montes deles chegavam a Malombrosa de tempos em tempos, altivos e infantis, recém-saídos da Academia Naval. Invadiam as tavernas com seus casacos azuis e seus quepes enfeitados, seduziam as moças em idade de casar, ficavam com as melhores casas da região e depois traziam suas legítimas esposas, também jovens, já grávidas, decididas a parir sem eles e a criar sem eles uma legião de crianças que tripudiavam de qualquer um sem que ninguém nunca tivesse coragem de pôr os malditos na linha.

— Os piores eram os tripulantes do *Leviatã* — sentenciou o sargento com maldisfarçado rancor. — E por isso Deus os castigou.

Demorei mais do que um piscar de olhos para entender o sentido daquela frase de Grieve. A simples menção ao *Leviatã* de repente me estremeceu com uma avalanche de referências inúteis ou simplesmente descabeladas que retumbaram em minha mente como um grito corrompido pelos ecos de um grotão. Livros não lidos, sermões e conversas de beatas foram sucessivamente descartados na minha memória até que por fim consegui ligar aquele *Leviatã* ao legendário submarino N-36. Então, voltando à sentença de Grieve, procurei relembrar a agonia daquela mítica embarcação em mares procelosos, sua debacle como em paga de algum pecado cometido por seus tripulantes contra o deus dos oceanos. Não, pensei por fim com certo alívio: o *Leviatã* não tinha sido castigado pela soberba dos seus tripulantes, como queria o sargento Grieve, ou pelo menos não era essa a versão de sua ruína que nos ensinaram nos discursos oficiais, nos livros didáticos e até na placa comemorativa que, em algum solar do centro da capital, ainda enfeitava o tosco monumento aos mártires daquela embarcação invencível que, asseguravam, se imolaram anos atrás no Ártico para evitar que fosse capturada pelo inimigo.

Enquanto eu tentava ordenar minhas recordações do N-36, Grieve acabara de se vestir e estava postado junto à porta, estatuário, rígido, com seu puído casaco militar dobrado no antebraço esquerdo, não como se estivesse para partir, mas como se tivesse acabado de chegar e esperasse que alguém lhe indicasse onde sentar. Ao vê-lo assim, tive de repente a sensação horrível de que ainda iria dar a notícia de que lhe restava no máximo um mês de vida. Então voltei a vê-lo tal como havia entrado no consultório e percebi que meu diagnóstico não o apanhara de surpresa. Eu só fizera confirmar suas suspeitas e renovar nele a vontade de revelar um crime que fazia muitos anos lhe envenenava a alma. Por que Grieve escolheu justo a mim como confessor é algo que hoje só consigo explicar pela imensidão do seu abandono, sendo evidente que ele não tinha ninguém melhor para descarregar sua culpa.

Mas não quero indagar os motivos desse homem para me oferecer o relato do seu crime. O que deveria me ocupar são as razões que eu mesmo tive para recordá-lo anos mais tarde. Basta dizer que essa história viria a se transformar em meu motivo, cruenta como ela é e como o próprio Grieve acabou de narrá-la naquela tarde, às pressas, quase sem pausas, como se já estivesse atrasado para seu encontro com a morte: Eliah Bac, esclareceu o sargento na porta do meu consultório, era o órfão de um subtenente do *Leviatã*, e ele um dia caiu na besteira de afirmar que o Grande Brigadeiro ordenara o afundamento do N-36 ao saber que seus tripulantes tinham resolvido desertar em massa e entregar o submarino ao inimigo. O próprio Grieve, ainda convencido de que seu dever era defender de qualquer mácula o bom nome da Grande Frota do Norte, denunciou aquele rapaz em várias ocasiões, esperando que sua pouca idade não o eximisse das represálias que qualquer adulto teria recebido em seu lugar por tão grave distorção dos fatos. Mas, quando percebeu que suas denúncias de pouco valeriam para deter o insidioso Eliah Bac, o sargento decidiu resolver o caso com as próprias mãos e marcou um encontro com o garoto num antigo rebocador, acenando com a promessa de lhe entregar provas cabais de que o *Leviatã* fora de fato afundado por ordem do Grande Brigadeiro. — Eu só queria lhe dar um susto — afirmou Grieve num dos raros momentos em que nele parecia prevalecer o remorso. — Mas esse moleque não queria saber de conselhos. — Então passou a narrar uma cena que poderia muito bem ter omitido, pois qualquer pessoa no meu lugar leria em seus olhos injetados a luz oblíqua do porto, o pente invertido dos navios atracados no cais, a figura de um adolescente, quase uma criança, que sai uma tarde de sua casa em Malombrosa sem suspeitar o que o espera. Deve ter dito alguma coisa para a mãe, alegado um pretexto qualquer, talvez o mesmo que usara até recentemente para ir fumar seus primeiros cigarros. Quem sabe antes de sair tenha olhado de soslaio para o ofício que confirmava a morte heróica do pai, ou até acariciado sem abrir o armário onde a mãe guardava o espadim da Academia Naval, recortes de jornal, a foto brumosa do cadete que a cativara na juventude. Sem dúvida, Eliah Bac tem um pouco de medo, mas também a ilusão bisonha e desmedida que lhe podem permitir seus quinze anos, dezesseis no máximo. E cabe supor também que há dias vem pensando no que fará quando afinal tiver nas mãos a prova definitiva de que o Grande Brigadeiro mandou afundar o N-36, essa revelação que lhe permitirá vingar-se não apenas da história mas também do próprio pai, que ele quer arrancar do paraíso dos heróis oficiais para talvez situá-lo em outro, mais afim à sua própria idéia de mundo.

Já é noite no porto de Malombrosa quando Eliah Bac chega ao cais. Leva nos bolsos todo o dinheiro que conseguiu juntar e a garrafa de aguardente que Grieve exigiu para selarem o acordo de cavalheiros. É a época do ano em que o vento meridional traz ao porto um calor insuspeitado nessas latitudes, mas mesmo assim ele se embuça no casaco do pai até chegar ao rebocador e distinguir na ponte de comando um vulto à sua espera.

O homem que o chamou não é velho, talvez só um tanto envelhecido pela bebida. O garoto se aproxima e o cumprimenta, logo o reconhece pois já o viu alguma vez na zona tavernária do porto, mas não consegue lembrar seu nome. Trocam umas poucas frases até que Grieve lhe pede que desça com ele ao camarote. Apesar de sua crescente desconfiança, o garoto concorda em lhe entregar o dinheiro e a garrafa. Enquanto bebe, o sargento fala com segurança, embora às vezes se interrompa como se ainda hesitasse em revelar seu segredo. O rapaz aguarda; não vê seu destino, não o intui. Grieve lhe estende um maço de papéis oficiais, deixa-os cair no chão. Eliah Bac se inclina para recolhê-los e quando ergue a vista se depara não com os olhos do sargento, mas com o cano de um revólver que pulverizará seus sonhos esponjosos contra as paredes do rebocador e sobre esse casaco azul que seu assassino, com raivosa satisfação, colocará sobre os ombros antes de se desfazer do cadáver e depois de abandonar meu consultório num outubro muitos anos mais tarde.

Talvez em outro nó da história as estranhas conseqüências do relato do sargento Grieve não tivessem passado disto: desatinos, enigmas vãos que o próprio regime poderia facilmente descartar como fruto de uma imaginação delirante. E quem sabe então não teriam morrido tantos inocentes, tantos outros homens e mulheres que acabaram no fundo dessas fossas clandestinas onde foram parar os terroristas, os traidores ou simplesmente quem cometeu a besteira de um dia estar no lugar errado.

Mas é ocioso especular com o que poderia ter sido. Nem sequer vale a pena imaginar o que teria acontecido comigo se, depois de recordar a confissão de Grieve, não decidisse utilizá-la e reinventá-la para resgatar minhas próprias dívidas com o delegado Dertz Magoian. Basta dizer que certa manhã de dezembro, dias depois de dizer a Magoian que um tal Eliah Bac planejava um grande golpe, acordei sem saber que minha própria história estava a ponto de sofrer uma tremenda reviravolta. Nenhum rosto dava à primeira vista a impressão de saber alguma coisa que eu ainda não soubesse. Mais tarde, porém, à medida que fui avançando na cidade e na jornada, as conseqüências da minha temeridade afloraram gradualmente aos meus olhos até adquirirem as dimensões da euforia.

Então o inverno já havia irrompido na cidade com sua ominosa carga de melancolia. As praças e as ruas mais movimentadas tinham agora um aspecto selenita. Os edifícios, as calçadas e até os ânimos pareciam amortecidos por essa luz crepuscular que caracteriza os quadros de certos pintores eslavos, diante dos quais só se pode experimentar a lassidão da neve, o lento cansaço das figuras humanas, sempre escassas, voltando para casa como desertores de um exército vencido a que nunca se sentiram leais. Era assim que eu me sentia naquele dia, enquanto deixava meus passos me guiarem para o hospital; assim me deleitava no respiro que o fantasma de Eliah Bac vinha injetando em meu ânimo desde que resolvera trazê-lo de volta ao mundo dos vivos e utilizá-lo para cumprir com meu dever de delator. Fazia tempo que o delegado Dertz Magoian, grato pela informação que eu lhe dera sobre as supostas atividades subversivas de um tal Eliah Bac, tinha reativado generosamente o fornecimento de ectricina, de modo que também meu corpo podia enfim se embalar em sua reparadora sonolência. Por uma vez podia sentir que minha vontade estava acima das vicissitudes do acaso, e me congratulava de que a vida de outro homem, mesmo que fosse um espectro, agora dependesse totalmente do que eu fizesse ou deixasse de fazer por ele.

Confesso, por outro lado, que eu ainda custava a acreditar que o delegado tivesse mordido minha isca tão facilmente. Às vezes até me repreendia pelo insuspeitado êxito da minha embusteira denúncia, a maneira quase infantil como Magoian a aceitara, passando da indiferença à incredulidade e por fim ao entusiasmo. Na tarde em que voltei a vê-lo para denunciar a fictícia conspiração de Eliah Bac, o delegado me recebera em seu escritório sem esperança nem entusiasmo, acompanhando pela janela o movimento de algum objeto no pátio interno da delegacia. Vestia o mesmo terno escuro e a mesma gravata gasta da vez anterior. Uma barba de vários dias disfarçava sua gordura e lhe outorgava uma triste dignidade. Era evidente que não tinha a menor vontade de falar comigo, que dirá de escutar o que eu tivesse a dizer. Ao vê-lo, temi que a história de Eliah Bac tivesse voltado à minha memória tarde demais para negociar com ele o meu resgate. Uma serpente de gelo percorreu as minhas costas enquanto eu buscava um jeito de iniciar minha apócrifa confissão, mas a certeza de que estava a ponto de dar uma cartada decisiva ajudou a me infundir ânimo.

— Tenho algo importante para lhe contar — afirmei com toda a integridade de que era capaz naquele momento. O delegado continuou impávido diante da janela, as pupilas fixas em algo que parecia mais digno da sua atenção do que eu. Então, como se tentasse de certo modo reproduzir os detalhes da minha remota conversa com o sargento Grieve, engoli em seco e pronunciei em voz baixa o nome de sua vítima. Só então Magoian se dignou me olhar. Em tom cortante, me mandou repetir o que acabara de dizer. Obedeci, mas ele nem sequer pestanejou. Cada vez mais convencido da temeridade da minha idéia de reviver o desventurado Eliah Bac, rebusquei com ansiedade outra palavra, outro nome que pudesse substituir o daquele morto no qual ninguém em sã consciência seria capaz de acreditar. Mas aquele fantasma se transformou na minha única defesa. Calculei que seria um erro contar ponto por ponto a falsa história de Bac e que mais me valeria assumi-la, começar a acreditar nela. Então, alardeando uma segurança que estava longe de ter, sorri como se desse por certo que aquele nome devia forçosamente ter alguma ressonância na memória do delegado Magoian.

— Com todo respeito, delegado — continuei —, custo a acreditar que o senhor nunca tenha ouvido falar desse terrorista.

Meu tiro acertou na mosca. Com uma simples frase, tinha golpeado Magoian justo em seu ponto fraco. Hesitante, o delegado se afastou da janela e se sentou devagar diante da mesa. — Sente-se, doutor — ordenou secamente, indicando aquela mesma cadeira esquálida em que eu padecera em seu interrogatório anterior. Uma farpa no encosto me obrigou a adotar uma posição não isenta de altivez, que deve ter contribuído notavelmente para a perplexidade do delegado.

— Bac? — começou a dizer. — Claro. Já vi alguma coisa sobre ele nos arquivos. É um caso antigo. O que há com ele?

— Ele voltou, delegado. Foi o que ouvi dizer na taverna da rua Berretti. Eliah Bac voltou, e sei de boa fonte que vem trazendo uma bomba das grandes.

O delegado estava visivelmente desnorteado com a minha segurança, como se ainda não soubesse ao certo o quanto devia se concentrar em reconhecer seu interesse por minha denúncia ou em disfarçar a magnitude da sua ignorância sobre o caso de Eliah Bac. Agora se remexia inquieto, como se fosse ele quem tivesse de lutar com uma farpa irreverente no encosto da cadeira. Então não teve idéia melhor que apanhar um lápis raquítico e uma caderneta, onde começou a fazer algumas anotações.

— Quantos são? Quando vão entrar em ação? — perguntou.

— Dizem que se trata apenas de um punhado de homens. Mas, se o senhor quer a minha opinião, delegado, eu acho que são muitos mais do que parecem. Pelo jeito, Eliah Bac tem células de conspiradores de Ruffina até as províncias orientais, e até mesmo fora do país.

— E o que eles pretendem exatamente?

— É difícil dizer no caso de um homem como Bac. Às vezes parece que nem ele mesmo sabe. Imagino que seja o de sempre: espalhar calúnias sobre nós, nos prejudicar, sei lá. Talvez queira insistir naquela velha história de que foi o Grande Brigadeiro quem mandou afundar o N-36.

Ao ouvir isso o delegado espalmou as duas mãos sobre a mesa e se levantou como uma mola.

— Do que o senhor está falando? — exclamou fora de si. — Quem lhe disse isso?

— Calma, delegado. Eu só disse o que esse terrorista parece pensar. E, cá entre nós, não seria a primeira vez que um dos órfãos do *Leviatã* insiste nessa história absurda.

O delegado Magoian deve ter percebido a imprudência do seu rompante, pois fez um visível esforço para recuperar o controle e tornou a se sentar, absorto num pensamento obscuro.

— Claro, claro — murmurou. Seus olhos se apagaram, já impotentes para fingir indiferença. Sua inquietação agora parecia autêntica, e minhas dúvidas quanto a isso se dissiparam quando, depois de refletir por um momento, ele acrescentou:

— O senhor tem idéia do que aconteceria se deixássemos esse terrorista fazer das suas? Do jeito que as coisas estão, uma conspiração desse calibre bastaria para inflamar os ânimos em todo o país.

Não cheguei a entender por completo o que o delegado dizia. Já estava bastante ocupado tentando acreditar no bom rumo que a conversa ia tomando. Por um instante esqueci que tudo aquilo era produto da minha invenção. Por pouco não vi Eliah Bac, suado e titânico, realmente conspirando num esconderijo nos subúrbios, distribuindo ordens e panfletos incendiários, encabeçando uma horda de conspiradores que não deviam ser muito diferentes daqueles rebeldes com que certa vez eu mesmo havia compartilhado a incerteza. Um duplo impulso de admiração e receio por esse herói delirante me tomou o peito enquanto procurava atribuir-lhe uma idade, um rosto definido, uma estatura, aquela fortaleza sobre-humana que lhe teria permitido ressuscitar dentre os mortos, não graças a mim nem ao miserável sargento Kirilos Grieve, mas por uma espécie de feitiço do qual eu não passava de um meio, o oficiante de um conjuro.

— O senhor acredita que ainda há tempo de detê-lo? — perguntei, tentando mascarar de solidária ingenuidade o entusiasmo que começava a transbordar de mim.

— Juro por meus mortos que vamos conseguir — respondeu Magoian, enquanto escrevia freneticamente em sua caderneta.

— Ainda bem. Tratarei de avisá-lo assim que conseguir informações mais precisas.

— Muito bem — respondeu o delegado, visivelmente ansioso por encerrar a conversa. — Qualquer coisa que possa nos ajudar a deter esse canalha. — Magoian suspendeu suas anotações, guardou apressadamente a caderneta no bolso do paletó e me estendeu a mão. Antes de sair, ainda me demorei um instante para lhe dizer:

— Só mais uma coisa, delegado.

— Pois não?

— Eu lhe peço que, por favor, o senhor não cite meu nome ao falar desse assunto com seus superiores, se não houver inconveniente.

— Em absoluto — um rastro de gratidão chegou a se refletir em seus olhos. — Fique tranqüilo. Sei proteger meus homens.

Semanas mais tarde, já vendo os muros do hospital se erguerem soturnos sobre a neve, a despedida do delegado Dertz Magoian voltou a soar em meus ouvidos. A lembrança de sua mão suada apertando a minha me estremeceu como se eu tivesse acabado de sair do seu escritório e ainda trouxesse entre os dedos a lembrança daquele objeto flácido e viscoso. Peguei-me pensando que aquele gesto, mais do que gratidão, significava a confirmação de uma espécie de pacto, como se ao me dar a mão o delegado me arrastasse com ele para um lugar onde eu teria de repetir os últimos vinte anos da minha vida. Era como se um tremor no tempo me desse o estranho privilégio de voltar a experimentar todo meu passado, mas sem o direito de alterar nada nele: meus erros, meu remorso pela sorte da pequena Marja, meus delírios na ectricina, minhas opiniões, meus hábitos, tudo voltou a ocorrer nessa manhã no lapso em que resolvi procurar o caminho mais longo para meu consultório.

Já cansado daquele vaguear em jejum, comi qualquer coisa no mercado central e desviei meus passos para o rio na intenção de adquirir uma ração de cigarros com a qual esperava alegrar o dia da minha assistente. Por volta das dez, passei perto da rua Berretti, onde cheguei a notar certa movimentação de soldados e caminhões militares. Quando ia perguntar o que tinha acontecido, uma nevasca inesperada me gelou os ossos e afinal me empurrou para o hospital. Lá me esperava minha assistente armada com um café fumegante que, no entanto, desceu como gelo. Eu ainda não tinha acabado de bebê-lo quando ela começou a me contar que logo cedo passara por lá uma paciente que em certa ocasião eu livrara de uma hérnia que estava a ponto de enlouquecê-la. Sem estranhar muito minha ausência, a mulher tinha aproveitado sua passagem pelo consultório para comentar com minha assistente que, na tarde anterior, a polícia secreta desmantelara um complô para assassinar o Grande Brigadeiro. Entre os conspiradores estavam vários de seus generais mais próximos, e alguns deles já haviam confessado suas ligações com um terrorista chamado Eliah Bac. Também se dizia que este conseguira escapar e que agora os homens da secreta o procuravam como cães por todos os cantos do país.

Nem preciso dizer que essa notícia me transformou por alguns segundos numa estátua de sal. O café de repente teve gosto de arsênico. Uma vertigem de terror me obrigou a esvaziar a xícara no lavabo e a sair do hospital como um possesso. Quando voltei para a rua, a nevasca tinha aumentado até virar uma autêntica tempestade. A neve agora me parecia um castigo, um violento borrão de frio sobre a calma em que meu espírito amanhecera. Com enorme esforço corri até o jornaleiro e lhe implorei que me emprestasse o único exemplar que restava. Transido de frio, ainda incrédulo, abri o jornal e confirmei frase por frase o que minha assistente me relatara. Não apenas se descrevia com riqueza de detalhes a maneira como o suposto complô de Eliah Bac tinha sido desmantelado, mas também se listava o nome completo e a patente de todos os altos oficiais envolvidos na conspiração. A imprensa chegava inclusive ao extremo, impensável em casos como aquele, de reconhecer que o artífice da conspiração continuava foragido da Justiça, e portanto qualquer informação que contribuísse para sua captura seria regiamente recompensada. Por outro lado, advertia-se que quem colaborasse de maneira ativa ou passiva com o tal Eliah Bac, terrorista a soldo dos inimigos da Revolução, seria castigado com todo o rigor da lei. Por fim, em poucas linhas quase ilegíveis em meio àquela enxurrada de títulos rimbombantes, promessas de captura e temíveis ameaças, o autor ou os autores da matéria citavam o nome do delegado Dertz Magoian como o de um dos destemidos membros da polícia local a quem devíamos o oportuno desmantelamento do atentado contra nosso líder vitalício.

III. DISPERSÃO DAS CINZAS

Depois daquela minha primeira noite no bordel de Malombrosa, não apenas me tornei o visitante mais assíduo como também, passados alguns dias, me mudei para lá em cumprimento de um desses acordos tácitos que muitas vezes regeram minha vida. Enquanto eu pagava minha conta no hotel do porto, meu lúgubre anfitrião quebrou seu habitual voto de silêncio para me advertir num tom não isento de recriminação: — Sei que o senhor resolveu ficar com a Leoparda. Desculpe a intromissão, camarada, mas ouça meu conselho e afaste-se de lá o quanto antes. Essas mulheres são mais perigosas do que imagina. — Vinda de uma pessoa como ele, semelhante advertência me pareceu beirar o ridículo. Se uma coisa eu tinha entendido no breve tempo que passara entre os muros do seu estabelecimento era que o único ato realmente arriscado para mim seria permanecer num lugar como aquele, onde cada canto, cada tropeço da luz entre as cortinas e cada folha dobrada sobre o balcão pareciam bombas-relógio à espera do momento exato para me explodir. Não que eu tivesse achado naquela pensão alguma confirmação dos meus temores de que lá ainda vigorasse a mesma sina que, entre outras coisas, destruíra o delegado Magoian, mas tampouco encontrara entre aqueles muros nada capaz de me arrancar a idéia de que, se desejava permanecer a salvo, aquele era sem dúvida o último lugar para consegui-lo.

É justo reconhecer que a mansão da Leoparda, a rigor, estava longe de ser um modelo de assepsia ou probidade. Contudo, diferentemente da pensão do porto ou de qualquer outro local onde alguma vez procurei abrigo, o casarão do penhasco provou ser para mim um desses lugares que, para além do seu caos aparente ou da sua marginalidade atrabiliária, nos confortam com uma ordem secreta que flui sob nossos pés como uma corrente subterrânea, magnetizando-nos com um prodigioso caudal de serenidade. Aquilo era como se o encanto já perdido da taverna da rua Berretti tivesse adquirido proporções superlativas, a exata dimensão desse ponto de origem e destino a que aspiramos desde longa data sem nem sequer nos darmos conta.

No mais, a crença da fúnebre sentinela de que minha mudança se devia à obsessão por alguma das garotas que trabalhavam lá no alto me pareceu tão natural quanto desculpável. Afinal, eu de fato subira até o bordel com a intenção mal formulada de apaziguar um desejo; talvez não a bruta urgência do meu corpo, mas a de confirmar minha esperança de que a mulher que me guiara escadarias acima era a pequena Marja. Desde que vi seu rosto submerso na taverna de Malombrosa, fui tomado pela peregrina idéia de que a menina conseguira sobreviver às ausências da mãe e da avó e que agora, por um prodígio alucinante do acaso, também estava em Malombrosa, também a salvo, como se nós dois fôssemos visões de sua avó um momento antes que o segundo disparo dos meus guardiães lhe destroçasse o rosto. Eu tinha visto aquela cena brutal repetir-se muitas vezes no meu remorso, e outras tantas, ao voltar da clínica, enquanto esperava a aprovação do meu pedido de transferência para outro bairro, me detivera no alpendre da casa onde imaginava ainda poder encontrar a menina. Eu parava diante das fitas com que o prédio havia sido interditado, escrutava a escuridão do interior e imaginava como seria acordar uma noite completamente só num quarto fedendo a aguarrás, descobrir que quem me alimenta ainda não voltou e só entender a minha fome, uma fome atroz que ninguém virá saciar porque meu choro é fraco demais ou irritante demais para despertar a compaixão de quem quer que seja. Pensei até em indagar o que tinha acontecido com a menina depois da morte da avó, mas fui vencido pela ectricina e pelo medo de enfrentar uma verdade atroz, de descobrir que os vizinhos podiam ter covardemente atribuído seus lamentos ao miado de um gato que revirasse as panelas naquela casa marcada, intocável como um foco de infecção em plena epidemia de peste.

Fosse qual fosse o verdadeiro destino da pequena Marja, do mesmo modo culpado e arbitrário com que antes inventara um laço de sangue entre minha bela levantina e a velha que tentou me matar, incorporei a garota do bordel a uma mesma cadeia de remorsos. Nos meandros da minha culpa, aquelas três mulheres passaram de repente a fazer parte de uma só estirpe que tinha em mim o proverbial executor de uma maldição antiqüíssima. Nada além da semelhança física entre elas, que eu decerto exagerava na lembrança, e da aparente coincidência de idades podia me dar a mínima certeza de que a garota de Malombrosa era a pequena Marja; mas foi isso que resolvi desejar, foi nisso que precisei acreditar para sentir que dava a mim mesmo uma nova chance de protegê-la. Tão logo constatei que a moça de fato trabalhava na mansão, sob o inverossímil nome de Marlene, minha urgência por achar refúgio foi substituída por um gozoso afã de me redimir por meio dela. Eu ainda passaria um bom tempo sem saber nenhum detalhe de sua vida, e até cultivei essa ignorância, convencido de que só a incerteza me permitiria amá-la, cuidar dela, atribuir-lhe o passado que desejava para nós dois e que ela deixou que eu lhe impusesse sem nunca ligar muita importância, sem me desaprovar, mas sem jamais confirmar nenhuma das minhas conjeturas. Lembro bem que uma vez a encontrei limpando com empenho os quadros rosados que decoravam meu quarto. Então lhe perguntei se ela gostava do nome de Marja, ao que ela simplesmente replicou que eu podia chamá-la assim se quisesse, pois era um nome bem mais passável do que os que costumavam lhe dar os peregrinos de sua cama.

Assim, resolvido a não saber quem era aquela moça, comecei a chamá-la caprichosamente de Marja, conformando-me em sabê-la viva e empenhando-me por todos os meios que fosse tão feliz quanto as circunstâncias pudessem permitir naquele prodigioso coração do labirinto onde eu continuava foragido das minhas faltas, mas agora senhor do meu modo peculiar de emendar aqueles atos que, em outros tempos, me haviam levado à indolência, à insídia e até mesmo à ectricina, aquele vício temível que graças a Marja começou a afrouxar seu abraço até um dia desaparecer completamente da minha vida.

Todas as manhãs, desde minha volta à mansão sob o pretexto cada vez mais vago de ficar lá até reunir coragem para tornar públicos os documentos que Magoian me confiara, a Leoparda batia pontualmente à porta do meu quarto com dois toques precisos, inapeláveis, produzidos pelo topázio de um enorme anel que ela só tirava durante o aparente quietismo do seu expediente no posto de registro. Aquele som logo se tornou meu toque de alvorada para dar início a uma jornada tão exaustiva quanto grata. Mesmo sem nunca negociarmos as cláusulas, desde o início se firmara entre nós um acordo tácito de mútua assistência em que a gama dos meus deveres ia desde a administração contábil do bordel até o exame das garotas que nele trabalhavam e que se entregavam às minhas explorações íntimas com uma naturalidade que destoava de sua extrema juventude. Eu fazia contas, saldava dívidas e me desvelava por Marja com um afã de perfeição que raiava a monomania. Enfim liberto da ectricina, agora eu não tinha nem queria ter tempo de sentir falta de nada, e se por momentos o ócio ameaçava devolver-me ao passado, eu inventava alguma coisa ou maquinava novas formas de merecer a proteção que a Leoparda me oferecia com a mesma ternura que usava para instruir as moças e a mesma dureza com que era capaz de confiná-las até que seus corpos reagissem favoravelmente aos efeitos do salvarsan.

Devo esclarecer que nunca chegou ao meu conhecimento que a Leoparda maltratasse alguma de suas pupilas. Ao contrário, posso garantir que lhes dedicava uma atenção excessiva, mimando-as com o duplo esmero de uma mãe amorosa e um empresário atinado que sabe as vantagens de cuidar bem das pessoas que lhe garantem o sustento. Sem vacilação, dava-lhes tudo o que elas pediam com um invejável senso de justiça. Sabia provê-las, repreendê-las e educá-las, tanto nas artes amatórias como nos difíceis caminhos então inevitáveis para levar uma vida digna entre as margens da legalidade, do amor e da libertinagem. Talvez por isso a lealdade de quem vivia sob seu halo protetor fosse tão desmedida que por momentos esquecíamos que éramos nós, e não o mundo lá fora, que insistíamos em transgredir o que normalmente se considerava bom e verdadeiro. De um modo difícil de explicar, mas extremamente eficaz, tínhamo-nos erigido no único membro saudável de um organismo em avançado estado de decomposição, na única célula apta daquele cultivo infecto em que o mundo exterior aos poucos se transformara desde que Eliah Bac, fugido dos territórios da minha invenção, invadira nossa vida e exacerbara a mania de perseguição das Forças Armadas. O nosso era um feudo bem organizado, impermeável aos embates de um furacão de forças desarticuladas e personagens errantes que, ao adentrar a casa, se submetiam dóceis àquela religião de preço fixo que na época passou a ser a única fé viável em meio àquela desagregação de elétrons dementes em que o país se transformara depois da volta de Eliah Bac.

Deve ter sido a vertigem da nossa prosperidade desmedida que nos impediu de pensar que tudo aquilo podia acabar em tragédia. Nos meses que se seguiram à minha chegada, a própria Leoparda se entregou a uma atividade tão frenética que ela se teria ofendido com qualquer insinuação de que parasse um instante para pensar na possibilidade de algum tipo de desastre. Ela simplesmente continuou administrando seu negócio com mão de ferro, ao mesmo tempo que desempenhava com devoção suas funções no registro portuário. Depois de verificar que tudo estava em ordem no casarão, desaparecia ladeira abaixo sem nos dar tempo para queixas nem perguntas. Espiando pelas janelas da casa, nós a víamos afastar-se metida naquele uniforme soldadesco que dava ao seu andar um ar ofensivamente viril. Então nos parecia que, todas as manhãs, castigava a si mesma com aquele hábito penitencial para nos lembrar que ela e somente ela era nossa ponte com a realidade exterior, uma mãe opulenta e abnegada que nos protegia do mundo com o sacrifício cotidiano de sua feminilidade. Acho que nenhum de nós chegou a saber o que a caftina fazia exatamente no posto de registro, mas ainda assim intuíamos que as horas que ela passava lá eram imprescindíveis para conservarmos a inestimável prebenda de continuar vivendo sem que ninguém nos perguntasse como ou por que o fazíamos.

Incapazes, como já disse, de digerir a dimensão da nossa bonança, por algum tempo nos limitamos a redobrar nosso esforço para impor alguma ordem no crescente afluxo de indivíduos que iam solicitar nossos serviços. Da noite para o dia nos habituamos a receber efêmeros grupos de soldados que chegavam a Malombrosa na busca descuidada e infrutífera de invisíveis conspiradores, falsos marinheiros, jornalistas nacionais ou estrangeiros que faziam sempre as mesmas perguntas sobre a infância de Eliah Bac e que era preciso despojar de suas câmeras assim que cruzavam as portas do casarão. Não foi adquirido nenhum recurso adicional para atender melhor àqueles visitantes, ninguém mais foi recrutado na mansão depois de mim. Era como se, com a minha chegada, eu tivesse preenchido a última vaga que restava na conformação que a Leoparda considerava ótima para o funcionamento do local.

Não quero dizer com isso que a caftina descuidasse da segurança da casa. Ao contrário, penso que ela tinha bons motivos para achar que estávamos a salvo de qualquer eventualidade. Em sua inteligência de general-de-divisão, a Leoparda sempre soube distribuir nossas funções com a mesma inapelável precisão com que sabia indicar a garota apropriada para determinado cliente. Por isso, aos bandos de rufiões que todas as tardes nos visitavam para saciar seus desejos, ela contrapunha os rudes ofícios de um gigante taciturno que por alguma razão me lembrava o sargento Kirilos Grieve, ainda que numa versão um tanto rudimentar, antediluviana. Dizia chamar-se Lusignano e se postava todas as tardes na porta do casarão com os braços cruzados, as pernas entreabertas e o gesto do eunuco que vigia o serralho que lhe coube por sorte guardar até o último dia de sua existência. Sua compleição de urso pardo e mal domado era tão imponente que os marinheiros mais brutos e os soldados mais despóticos se acovardavam só de vê-lo. Nunca consegui saber como um homem assim se acolhera ao regaço protetor da Leoparda, que dívida ou gratidão imarcescível o levava a servi-la. No caso dele, qualquer pergunta era supérflua, e sua presença no bordel parecia tão natural, tão claramente exata e predeterminada, que só se podia pensar que Lusignano estava lá desde que a casa existia: sem passado, sem idade, quase sem linguagem, mas dotado de uma força exorbitante que estendia sua influência mais além da Leoparda, de mim e de todos os homens que o temíamos, mais além até das garotas, sobre as quais exercia um fascínio animal que as levava a disputar como súcubos a honra de o gigante lhes aquecer a cama com suas demonstrações de ternura, rudeza e sabedoria oriental que enlouqueceram de prazer a mais de uma delas.

Só uma vez vi Lusignano perder sua compostura de totem índio, mas foi o bastante para eu apreciar em sua justa dimensão as razões da Leoparda para depositar nele a segurança do local. Naquela tarde sua vítima, um viajante estoniano de olhar esquivo e compleição atarracada, tinha chegado à mansão antes de qualquer outro cliente, e, embora sua aparência não fosse nada ameaçadora, logo ficou claro que ele estava lá à procura de problemas. Depois de hesitar um pouco, o homem desconsiderou os conselhos da Leoparda e insistiu em ir para a cama com uma daquelas garotas com cara de cavalo que, sem serem exatamente bonitas, sempre atraem os homens de baixa estatura. Algum tempo depois de se trancarem num dos quartos dos fundos, percebemos que os gritos de prazer fingido tinham virado alaridos de dor. A Leoparda nem precisou dizer nada: quando fui ver, o homem já estava nos braços do ogresco Lusignano, esperneando, não assustado ainda, talvez convencido de que aquele cadeado humano se limitaria a jogá-lo na rua como certamente já lhe acontecera outras vezes em casas similares.

Mas nosso local não era como outro qualquer, embora o

estoniano provavelmente nem tenha tido tempo de constatar essa verdade. Num instante, Lusignano já o arrastara até o abrigo que servia de despensa. As garotas não disseram nada, nenhuma delas foi comigo até o pátio para ver o gigante colocar em sua caminhonete caindo aos pedaços o corpo inerte do estoniano. Mais do que me horrorizar, nesse instante preciso não pude deixar de admirar a destreza do assassino, a concordância exata daquele poder imenso com o credo telúrico do prostíbulo. Surpreso com minha própria frieza, concluí que Lusignano era sem dúvida um cérbero perfeito para um local onde todos nos sabíamos protegidos enquanto cumpríssemos nosso trabalho com a mesma resolução que o gigante acabara de mostrar quebrando o pescoço de um homem.

Agora que tantos anos e tantas coisas se passaram desde então, eu me pergunto se meus dias no bordel de Malombrosa foram de fato tão luminosos quanto quer minha nostalgia, se realmente minha felicidade daquele tempo é como a recordo ou se só faço exagerá-la para atenuar um pouco minha sordidez presente e corrigir na memória a saudade de um lugar onde pude ser feliz. Só sei que naquela época eu faria qualquer coisa para não ter conhecido o delegado Dertz Magoian nem ter comigo os reveladores documentos que ele me confiara antes de morrer. Quando olhava longamente para Marja ou ficava até tarde registrando os lucros da jornada, lamentava não ser capaz de arrancar de mim minha própria memória. Odiava a mim mesmo porque de noite, assim que fechava os olhos, a memória ainda me traía, e era como se Magoian também estivesse em Malombrosa para me repreender por eu ainda não ter achado um jeito de vingar sua morte publicando a verdade sobre Eliah Bac. Ele se sentava ao meu lado com sua gravata minúscula e suas bochechas arrebatadas, e então eu não tinha outro remédio senão relatar minha fuga, minhas penúrias para chegar ao bordel, a feliz ressurreição de Marja, enfim, minhas razões para querer esquecê-lo e para não ter feito nada com sua herança. Mas ele não respondia, apenas me escutava em silêncio como se tudo aquilo lhe importasse muito pouco, limpava os óculos com a ponta da gravata, colocava-os de volta e pestanejava como se custasse a acreditar que estava vendo um fantasma.

Às vezes eu também voltava a vê-lo simplesmente morto, por mão própria ou alheia, mas sempre por causa do terrorista que inventei para ele, despendurado por seus guardas e exibido sem pudor aos curiosos que uma tarde de inverno olhamos seu cadáver na entrada da delegacia. Eu o via morto, mas não tão claramente, porque na realidade ninguém se parece com o próprio cadáver, e menos ainda o delegado, que então me pareceu branco demais, muito mais magro e mais digno do que a figura que eu conseguia reviver na memória das três ou quatro vezes que falara com ele.

Eu o via então, o recordava agora e me culpava sempre por sabê-lo morto e por querê-lo ainda vivo, resoluto, intoxicado pela breve glória que, de início, a ressurreição de Eliah Bac certamente lhe rendeu. Agora que nossa criatura já o aniquilara, eu me perguntava até que ponto um homem como ele poderia ter suspeitado da potência explosiva do mito que me forçou a criar. Por mais que eu tentasse, não conseguia acreditar que alguém pudesse antecipar o que viria depois do primeiro golpe frustrado daquele produto da minha fantasia. Num ano como aquele, era sem dúvida inevitável que uma figura com as características de Eliah Bac, posta no lugar e no momento certos, inicialmente se erigisse num autêntico perturbador das consciências tranqüilas. Mas, à medida que sua lenda foi se espalhando pelo país, suas bondades justiceiras se tornaram cada vez mais questionáveis. Nos meses seguintes à suposta tentativa de Bac de matar nosso líder vitalício, cada prisão ligada a seu nome foi seguida de centenas de atos brutais nada condizentes com as virtudes de libertador que muitos lhe atribuíam: bombas devastadoras, confrontos sem conta, boatos não confirmados de massacres tão arbitrários quanto haviam sido até então as batidas do Grande Brigadeiro, todas ações aparentemente desconexas, mas no fundo dotadas de uma coerência épica que as mostrava aos nossos olhos como partes combinadas de um plano infalível supostamente destinado a precipitar a vinda da democracia. A eloqüente retórica da liberdade com que Bac justificava suas ações de repente dessangrou as entranhas de um povo que se via estremecido por uma revolta tão fantasmagórica e tão desconcertante quanto seu líder. Ninguém jamais duvidou que Eliah Bac tivesse um sem-fim de argumentos convincentes para se sublevar contra o Grande Brigadeiro, mas a barbárie de seus métodos acabou semeando seriíssimas dúvidas quanto ao tipo de líderes que se incumbiriam de nós quando tudo tivesse acabado. De repente todos os males da repressão, as detenções, a escassez, as deportações e o terror, tudo foi culpa ou conseqüência da guerra do Exército contra o esquivo Eliah Bac. Um dia os jornais publicavam a foto em oito colunas de um homem que eles garantiam ser Bac, para no dia seguinte negarem taxativamente sua existência, atribuindo-a a uma conspiração internacional para derrubar um regime que, paradoxalmente, ia ganhando novas forças justo agora que tinha em Eliah Bac um inimigo tão encarniçado, tão violento e tão onipresente quanto o Grande Brigadeiro.

Para mim, aqueles meses se passaram como uma espécie de tempo neutro e espera vã de as coisas voltarem milagrosamente à normalidade. Se meu primeiro encontro com o delegado Magoian havia sido um claro golpe contra minha rotina dos últimos anos, a descarada irrupção de Eliah Bac no mundo dos vivos devia então me parecer uma autêntica catástrofe. Não me incomodava que certas pessoas interpretassem minha conduta arisca e irritável como um sinal inequívoco de meu desespero como colaborador de um sistema que Bac estava pondo em xeque. Eu sabia muito bem que aquele desconcerto em meu ânimo era antes produto de uma inquietação pessoal, totalmente estranha à política e à história coletiva. Pouco me importava que aquele homem estivesse abalando as raízes do sistema ou arrastando milhares de inocentes em sua cruzada. O que na verdade me enervava era a vertiginosa rapidez com que tudo aquilo piorava um problema que em certo momento julguei resolvido da maneira mais inteligente e confortável possível. É verdade que eu mesmo, coerente com minha invenção de Eliah Bac, esperava atribuir a ele o primeiro ataque mais sério contra o regime, mas não esperava que ele ocorresse tão cedo nem imaginei que alguém pudesse se antecipar assim aos meus propósitos. Era evidente que alguém além de mim estava mentindo nessa história, e embora a mentira fosse há muito tempo nosso modo natural de sobreviver, eu devia então recordar que nada podia ser considerado casual e que fatos como aqueles formavam parte de elaboradas correntes cujos elos eram sempre intercambiáveis, ou simplesmente descartáveis.

Eu não comia, novamente me alimentando de ectricina, e quebrava a cabeça tentando entender qual era minha parte na conjuração de Eliah Bac ou o que pretendiam aqueles que a adotaram sem pestanejar. Via nos jornais a fotografia do homem escolhido por eles para encarnar Bac e me irritava ao extremo saber que seus criadores lhe haviam outorgado um rosto como aquele, tão seguro, tão curtido pela raiva, tão estudadamente heróico que o fazia parecer menos crível que um galã de cinema. Eu perdia o sono, e a noite me surpreendia com um humor de

ção ao fim de jornadas insofríveis onde tudo se empenhava em me lembrar que o país adentrara um caminho incerto e sem volta. Até meus pacientes me transmitiam mensagens contraditórias sobre o que estava acontecendo, sobre os temores e as esperanças que depositavam em Bac. Era como se todos eles quisessem me confessar alguma coisa substancial ou como se esperassem de mim, lúcido e benévolo emissário do poder, uma mensagem, uma pista, um sinal que lhes permitisse ao menos voltar para casa com alguma certeza, não importava qual fosse. Em certa ocasião, um de meus pacientes chegou ao extremo de me dizer que, se o mal que o levara ao meu consultório fosse de fato grave, eu não hesitasse em dizê-lo com todas as letras, pois agora que aquele animal do Eliah Bac lhe mostrara os modos da democracia, ele poderia morrer tranqüilo, convencido de que o Grande Brigadeiro era a melhor coisa que podia existir para nós. Claro que então não tive o menor problema em lhe dizer que seus sintomas, na verdade apenas achaques da idade, de fato indicavam um câncer terminal. Com as mesmas palavras que usara anos atrás para desenganar o sargento Kirilos Grieve, dei-lhe três meses de vida, esperando que isso bastasse para deprimi-lo um pouco; mas ele, envolto nessa aura de estupidez generalizada que tanto me indignava, agradeceu efusivamente meu diagnóstico como se considerasse três meses um prazo justo para entregar a alma antes que Bac desfizesse seu caro sonho revolucionário.

Nunca me arrependi do diagnóstico que dei naquela tarde ao tal doente. Tampouco me recrimino pela apatia com que transitei naqueles dias de incerteza. Para mim, resistir ao fracasso sempre foi uma tarefa, além de árdua, totalmente inútil. Afinal, minha derrota ante o fantasma descontrolado de Eliah Bac não era só uma clara evidência da minha inépcia para tomar as rédeas do meu destino, mas também perigava reduzir-me a um objeto de todo inútil. A existência cada vez mais consistente de Eliah Bac me envolvia agora como uma rede meteórica a me arrastar irresistivelmente para o centro da Terra. Eu odiava Bac porque, livre do trabalho de existir, era mais sólido que muitos de nós. Eu o detestava porque às vezes eu mesmo me esquecia da sua origem falaciosa e então não sabia se o considerava um fanático, um salvador ou um mero assassino que teria resolvido mascarar seu desejo de vingança, sua raiva e sua crueldade com a primeira bandeira que tivesse à mão.

Quão distante, quão ingênua me parecia de repente a suposição de que Eliah Bac tivesse voltado à minha memória para eu deixar de me sentir uma marionete. O que de início concebi como uma chance única para ganhar tempo, garantir minha ectricina e enfim ter controle sobre minha vida de repente se transformou numa nova humilhação. Eliah Bac não apenas me escapara das mãos como nem sequer me dera o consolo de que fosse eu o alimentador do seu mito, elaborando novas denúncias ou atribuindo-lhe conspirações. Logo de saída eu desistira de exigir ao delegado o crédito da minha contribuição nessa história, pois não podia acreditar que um homem como ele fosse capaz de conceber uma mentira tão elaborada e tão inconveniente para o regime. Pensava nisso e não conseguia entender como Magoian podia ter descoberto a verdade sobre Bac, por que mesmo assim continuava a me proteger e por que estranho motivo permanecia num jogo tão arriscado, como se de fato acreditasse em toda aquela história fraudulenta. Então eu mesmo tentava me convencer de que o infeliz delegado devia realmente estar à margem daquele embuste. Não por nada, repetia a mim mesmo, Dertz Magoian sempre me parecera um ser marcado pela derrota, portador dessa obscura tatuagem que anula em quem a ostenta qualquer possibilidade de gênio ou de heroísmo. Trocando em miúdos, o delegado se parecia muito comigo, preferindo portanto acreditar que o lançamento de Bac na estratosfera se dera graças à mentira de outras pessoas. Quem sabe, então, fosse o sargento Kirilos Grieve quem tivesse mentido anos atrás ao me relatar seu crime, e nesse caso Eliah Bac continuasse vivo, sem que, no entanto, houvesse meio de explicar a inverossímil coincidência entre minha denúncia e seu retorno. Ou quem sabe o próprio Grieve se safara da morte e outra pessoa, muito acima de Magoian, lhe arrancara a verdade para depois reconstruí-la por motivos que era melhor não indagar. Fosse qual fosse a resposta, fosse quem fosse o personagem que agora controlava os cordéis do terrorista Eliah Bac, era evidente que não restava outro remédio senão esperar a confirmação dos meus mais profundos temores como a caça que chegou ao limite de suas forças aguarda o ataque da matilha.

Essa confirmação veio mais cedo do que eu esperava, mas de um modo tão enigmático que ainda demorei algum tempo para entendê-la. Uma noite, depois de uma jornada que recordo particularmente exaustiva, descobri que o delegado Dertz Magoian me esperava na saída do hospital, desarvorado, suarento, tomado desse abatimento plúmbeo que caracteriza quem bebeu além da conta com o único propósito de diminuir a dor de um golpe iminente. Sua gravata azul-da-prússia se encurtara de tal maneira que agora o fazia parecer mais órfão do que antes, incapaz até mesmo de limpar os óculos ou trocar uma lâmpada. Ao me ver sair, seus olhos se iluminaram como se visse em mim não um antigo cúmplice, e sim o pai ausente que enfim voltara para resgatá-lo de uma casa repleta de crianças abusadas e brutais.

— Fomos logrados, doutor — disse num sussurro em que

pude avaliar a alarmante dimensão da sua embriaguez. — Esses filhos-da-puta querem tirar Bac de nós. — Falava muito perto do meu rosto e ao mesmo tempo me puxava pelo braço, caminhando de um lado ao outro da rua sem resolver que rumo seguir. Mas também não parava quieto, empurrando-me alguns passos para em seguida titubear como se me quisesse contagiar com sua bebedeira para que agora fôssemos dois os vultos indecisos perdendo-se na noite gelada. Suas palavras, ao contrário, não vinham exatamente do alto-mar do álcool, e sim de algo mais profundo, algo que por momentos chegava a se manifestar em seu olhar, na força que fazia para contrair os lábios, como se, consciente de sua embriaguez, quisesse que ao menos suas idéias fossem ouvidas com absoluta clareza.

— Sim, doutor. Eu bebi um pouco, mas isso não me faz pior do que eles. O senhor me entende.

— Não, delegado; não entendo o que o senhor está falando. Será melhor eu acompanhá-lo até sua casa.

— Claro que me entende, amigo, o senhor me entende melhor do que ninguém. Eu lhes avisei que Bac poderia escapar do controle, e sabe o que eles responderam? Mandaram eu esquecer o caso porque Eliah Bac já é uma questão de segurança nacional. Chegaram até a me ameaçar.

— Por que haveriam de ameaçar o senhor, delegado?

Magoian hesitou por um momento, como se na verdade nunca tivesse parado para pensar nos motivos que alguém poderia ter para ameaçá-lo. Até que se deu por vencido, encolheu os ombros e respondeu:

— Por tudo, por qualquer coisa: porque já não sirvo, porque sei demais, porque eles não sabem merda nenhuma sobre Bac e até desconfiam dos meus métodos para conseguir informações.

— O senhor lhes falou de mim? O que disse a eles?

Agora era eu que cravava as unhas no antebraço do delegado Dertz Magoian. Era eu que sentia crescer em mim a embriaguez do pânico, a certeza de uma queda longamente adiada mas já visível, já iminente nas palavras daquele vago executor da minha perdição que afirmava ter se tornado tão supérfluo e suspeito quanto eu.

— Vamos, delegado — repeti exasperado sacudindo-o pela gola do casaco. — Diga se lhes falou de mim.

Mas Magoian, com um olhar de estranhamento e recriminação, respondeu da sombra já imprecisa da sua sobriedade:

— O senhor tentou me enganar, doutor. O senhor tentou me enganar com a história da conspiração, mas eu lhe devo um favor. Prometi que não citaria seu nome, e eu sou um homem de palavra.

Nunca na vida voltei a sentir semelhante mistura de gratidão e vergonha. Gratidão por sua fidelidade e vergonha por começar a descobrir tão tarde que o menosprezado delegado era, não obstante, um ser digno de respeito, um homem convicto de suas lealdades e extenuado pela dor que lhe causava permanecer aferrado ao que ele considerava justo num mundo em que a coerência era um pecado imperdoável. De repente desejei de todo coração poder ajudá-lo. Não suportava a idéia de tê-lo desprezado, de que lhe acontecesse alguma coisa, já nem digo naquela noite, mas em qualquer outra, quando chegasse a hora dele e seus próprios homens resolvessem humilhá-lo porque se negara a cumprir a ordem de deixar a existência de Eliah Bac nas mãos de seus superiores, ou simplesmente porque o delegado Dertz Magoian, em sua irremediável insignificância, mostrara ser melhor que qualquer um deles. A gratidão que eu sentia era tão vasta quanto a vontade de lhe dizer que não valia a pena perder a calma por causa de um terrorista que não existia, e a única coisa que realmente me preocupava naquele momento era entender até que ponto o delegado estava envolvido na invenção de Eliah Bac. Eu olhava para aquele polícia bêbado, para seu terno desbotado, sua insígnia raquítica na lapela, e tudo agora me parecia menos ridículo. Sentia as mãos dele apertando-me os pulsos e ouvia com atenção todos os gemidos que emitia enquanto tentava se soltar, suas maldições que repito até hoje quando sinto que os golpes me esmorecem e a raiva me obscurece a mente.

— O que o senhor pensa fazer agora, delegado? — perguntei-lhe, soltando-o e sem saber onde esconder as mãos com que o sacudira.

— Penso estragar o jogo deles. Vou acabar com Eliah Bac.

— Matá-lo? Mas é justamente isso que eles querem.

— Muito pelo contrário, doutor. O senhor não percebe? A última coisa que esses imbecis querem é a cabeça de Eliah Bac. Até agora, esse herói de pacotilha foi o melhor aliado deles, mas não entendem que pode virar seu pior inimigo. — Enquanto falava, Magoian tirara do paletó um grosso envelope de papel manilha que agora me mostrava com orgulho, como se contivesse a fórmula para provar a existência de Deus de uma vez por todas. Ainda esperou um pouco que eu reconhecesse magicamente o valor daquele envelope, mas, ao notar que eu continuava sem entender, enfiou-o no bolso do meu casaco e disse meio contrariado: — Aqui está tudo, doutor: os documentos, as fotografias, as instruções para criar Bac. A imprensa estrangeira pagaria ouro em pó por essa informação, mas a nossa mataria por ela.

— E o que o senhor espera que eu faça com isto?

— Guarde bem esse envelope. Eles nem sequer sabem que o senhor existe. Logo voltarei a procurá-lo. Só preciso fazer uns telefonemas e acertar algumas coisas.

O delegado agora parecia inesperadamente sóbrio. Ele me olhava tão fixo e falava com tanta autoridade que não tive outro remédio senão aceitar a incumbência. Então foi Magoian que, antes de partir, se demorou um instante para me dizer:

— Só uma última coisa, doutor. Se daqui a três dias eu não aparecer, trate de ir embora. Vá até o porto de Malombrosa e procure pela Leoparda. Ela vai saber ajudar o senhor até nos reencontrarmos.

E com isso virou as costas e se afastou rua abaixo com o cansaço de quem já começa a assumir sua condição de condenado à morte.

IV. QUANDO SE OLHA UM ABISMO

A pessoa nunca sabe nem suspeita que espectros do passado podem de repente voltar em carne e osso para lembrar que o vivido não foi um sonho. Uma noite, faz coisa de dez meses, fui acordado pelo inconfundível zunzum dos novos reclusos sendo descarregados no pátio da prisão. Há muito tempo habituado a ignorar esse tipo de alvoroço, já ia voltando para a cama quando ouvi ranger a porta do meu pavilhão e vi passar em frente à minha cela uma fileira de prisioneiros, entre os quais reconheci o gigante Lusignano. Embora fosse evidente que o haviam subjugado à força de choques e injeções, ainda caminhava de cabeça erguida, com a soberba própria daqueles cuja tolice em nada diminui sua telúrica grandeza. A penumbra não chegava a apagar sua figura proeminente, com as mãos algemadas e o corpo apertado dentro de um macacão de preso vários números menor. Sem nenhum senso de prudência, achei que devia chamá-lo pelo nome, como se assim pudesse diminuir o ultraje de sua entrada no cativeiro. — Aqui, Lusignano! — disse aferrado às grades da minha cela, tão alto e intempestivamente que um dos guardas me golpeou os dedos com o cassetete. Lusignano, por seu turno, estacara tentando reconhecer aquele velho que havia dito seu nome e agora se contorcia de dor no escuro da cela, minúsculo, disforme, vestindo um macacão como o dele, engasgando com maldições enquanto apertava as mãos entre as coxas. Ao me ver, seu rosto primeiro esboçou um sorriso de reconhecimento que no ato deu lugar a uma carranca de fúria. Inexplicavelmente, ainda levava um brinco na orelha esquerda, e ao erguer as mãos imensas, inchadas pela pressão das algemas, seu perfil lembrou o de uma árvore seca que acabasse de ser atingida por um raio. — Cachorro! — gritou por sobre meus gemidos e a gritaria dos guardas. — Cachorro de merda! Você apagou Bac! — Seu grito me atingiu como um tiro de canhão junto à grade da cela, explodiu nos meus ouvidos com tamanho estrondo que ainda podia escutá-lo claramente quando Lusignano e os outros presos já haviam desaparecido no fim do corredor.

E continuei a escutá-lo mais tarde, não o deixei de escutar desde então, mesmo sem nunca ter voltado a ver o gigante, sem conseguir apurar nada sobre sua sorte nem os motivos por que o trouxeram para cá. Sempre o ouço, na vigília e no sono, e o vejo assim, com os punhos crispados, os pulsos azuis e ao alto que deram à sua maldição um ar de prece vociferante. Ouço ele me chamar de cachorro, ouço ele dizer "Você *apagou* Bac". Não grita *matou*, e sim *apagou*, um verbo insólito que soa mais penoso quando conjugado em todos os paradoxos da sua imprecisão. Incansável, o gigante reitera seu clamor na minha consciência, a mesma coisa que Marja me faz com suas cartas tristes e seus longos silêncios epistolares, a mesma coisa que me fizeram os olhos miúdos da Leoparda na última manhã em que a vi com vida. De repente me parece que foi o calor do seu olhar o que naquele dia distante inflamou os ânimos do povo de Malombrosa, é a vibração do grito de Lusignano chamando-me de cachorro e acusando-me da morte de Bac o que acentua em minha lembrança os gritos das garotas descendo a ribanceira, indefesas, apavoradas, tentando de todo jeito não cair nas mãos da turba à caça do assassino de Eliah Bac. Ainda vejo uma das moças fugir pelos corredores da mansão carregando sua mala. Da cidade começam a chegar as vozes da multidão ensandecida, e a Leoparda simplesmente me observa, fala comigo, diz que meus amigos da secreta não vão chegar a tempo de me salvar do linchamento e fuma seu último cigarro como faria um general defronte ao pelotão de fuzilamento.

Em meio a tamanha desordem, parece impensável que poucas horas antes a casa ainda fosse o coração amável de uma cidade embrutecida. Não consigo acreditar que as moças cantarolavam em paz e jogavam baralho sem nenhum temor, suspirando pelo gigante que saíra de manhãzinha para o mercado. É a hora do dia em que aproveitamos a ausência da Leoparda para nos conceder uma pausa e até acalentar uma saudade. Pensamos que também hoje ela chegará ao meio-dia, pontual, respeitadora do nosso descanso, mas pronta para interrompê-lo com duas palmadas e um suspiro de alívio, como se seu trabalho no porto fosse uma longa mas necessária imersão nas águas purificadoras do mundo exterior. Chegará como sempre, tirará o quepe e entregará a uma das garotas uma pasta de couro brilhante que sem dúvida já viu tempos melhores, dessas que costumavam carregar os inspetores do Partido, e agora nos permite imaginar que foi presente de algum amante da juventude, daquele homem sabido que a educou para ser o que ela é agora, que a forjou para que um dia como hoje pudesse entrar em seus domínios e se alegrar com nossa recepção, que é um misto de agitação de caserna e alvoroço de internato feminino.

Mas este dia será diferente, e assim será para todos, embora de início pareça que só a Leoparda tem consciência disso. Hoje a caftina voltou mais cedo que de costume. Deixou o quepe na cabeça e interrompeu com um grito a partida das garotas, sem que nenhuma delas percebesse nesses atos nada de muito incomum. Pensam que talvez tenha esquecido alguma coisa, ou quem sabe algum auditor a deixou voltar mais cedo para poder revisar à vontade a montanha de papéis que ela sempre mantém em rigorosa ordem. Não chegam a perceber a ansiedade em seu olhar, o viés sombrio de sua voz ao perguntar por Lusignano.

Mas ela não pergunta por mim, não estranha quando não me vê nem se preocupa quando as garotas lhe dizem que o doutor ainda não saiu do quarto, senhora, ele que gosta de acordar tão cedo, vai ver está doente. Não, responde ela enquanto fecha as janelas da casa, deixem ele, meninas, deixem tudo e sumam daqui o quanto antes. Do meu quarto posso também escutar o súbito silêncio das garotas, percebo a vontade delas de fazer perguntas que no entanto não farão, e em seguida uma ovação de gavetas se abrindo, de passos apressados e saltos quebrando quando as moças finalmente saem para a rua pela porta da cozinha. Então, como pressagiando a explosão que logo virá nos destruir, ouço o espocar solitário de uma garrafa que a Leoparda abriu depois de trancar a porta principal da mansão. O perfume mentolado de seu eterno cigarro sobe lento pela escada enquanto eu, ainda sentado na beira da cama, fito as botas enlameadas que me trouxeram do cais e só então reparo que alguém levou os quadros com paisagens rosadas que até ontem decoravam meu quarto.

Difícil imaginar um enterro para a Leoparda, pois seu corpo deve ter sido pulverizado pela explosão. Por outro lado, acho que ninguém teria vontade nem meios para fazer qualquer coisa em memória dela: Lusignano estava desaparecido e quase todas as moças acabaram nas mãos dos que antes pagavam para amá-las e nessa noite decerto lhes sugaram a vida para depois abandoná-las, desfalecidas e violentadas, entre as caixas de um armazém aonde as levaram para desforrar suas noites de prazer triste.

Quanto a mim, há muito deixei de me perguntar na vigília o que seria de mim se o eco da granada que matou a Leoparda não me tivesse atingido também. Já me basta o desconcerto de não entender como nem por que escapei com vida daquela armadilha. Em minha memória perdura um espaço cego de tempo, um lapso inescrutável e sem medida verossímil que vai desde o momento da explosão até o instante em que abri os olhos com esforço para me ver deitado numa maca de uma ambulância arcaica, improvisada, tão precária que mais parecia destinada a dar cabo de todos os feridos que carregava com sua lentidão de anfíbio e desordem carniceira. A meu lado, sentados como insetos presos numa teia de sondas, tubos de borracha e ataduras encharcadas de sangue, distingui primeiro dois homens que me observavam com indiferença, não como se presenciassem o despertar de um ferido que estavam tentando salvar fazia horas, mas como se tivessem passado o dia batendo papo comigo até esgotarem todos os assuntos possíveis de conversa. Tentei lhes dizer alguma coisa, mas minha língua se enrolou entre os dentes transformando minhas palavras num som gutural que levantou uma onda de terror dentro de mim. Como se quisesse me silenciar, um dos homens apanhou uma esponja e molhou meus lábios com um jato de água intensamente iodada. Seu companheiro, enquanto isso, se inclinava sobre meu ventre e manipulava alguma espécie de instrumento com a concentração de quem faz um bordado.

A julgar pelos solavancos do caminho e pelo permanente sacolejo do veículo, provavelmente atravessávamos uma estrada vicinal, quase uma trilha. A cada tranco, nossos corpos e todo o cipoal de tubos que os rodeava se estremeciam numa reacomodação quase orgânica em que não faltavam os rugidos do metal, do soro e do homem que ainda manipulava meu ventre ao mesmo tempo que entoava uma cantiga rufianesca. De repente, o homem que tinha umedecido meus lábios balançou lentamente a cabeça e murmurou: — Nem queira saber o trabalho que nos deu, doutor. Mais um pouco, e só de pazinha para recolher o senhor. — A frase, dita com mais cansaço do que graça, arrancou de seu companheiro um sorriso breve, quase o ricto compassivo de quem escuta pela enésima vez uma piada infame pela qual, no entanto, acabou se afeiçoando. Nesse momento a ambulância fez uma curva fechada que obrigou meus enfermeiros a se segurarem na maca e a multiplicar as mãos para impedir que a maranha ligada ao meu corpo fosse ao chão. — Merda — resmungou um deles quando recuperamos o equilíbrio, e depois, completando suas maldições num idioma para mim desconhecido, voltou a se concentrar em meu ventre com o suspiro de quem deve reiniciar um trabalho árduo que já estava a ponto de terminar. Aproveitando que a sacudida me destravara a língua, tomei fôlego, reuni sílabas e disse por fim: — Eu não o matei. — A frase não causou grande surpresa aos meus enfermeiros. O que estava inclinado sobre mim só baixou um pouco o tom das imprecações. O outro, pelo jeito mais preocupado com sua esponja iodada do que com meu bem-estar, me observou com atenção, pensou por um segundo no que acabava de ouvir e replicou: — Quem? Eliah Bac? — Um sorriso largo lhe atravessou o rosto, como se tivesse achado em mim um novo motivo de chacota. — Isso nós já sabemos, doutor. Mas, para o seu próprio bem, é melhor começar a acreditar que o matou, sim. E mais, trate de inventar logo uma história que cole, porque não lhe resta muito tempo. — Falava num tom paternal que me fez sentir como um adolescente forçado a prestar contas de um ato cuja imoralidade não chega a entender com clareza. Se esses homens eram de fato meus salvadores, se eles realmente sabiam que eu não apenas não matara Eliah Bac, mas, a rigor, nunca o tinha visto, não entendia por que agora eles me aconselhavam a me auto-incriminar nem imaginava para onde estavam me levando, como uma carga preciosa da qual, no entanto, tinham urgência de se livrar. Definitivamente, pensei, esses homens não me salvaram do linchamento nem estavam lá comigo apenas para me afastar do perigo. Ao contrário, faziam tudo aquilo movidos por um insondável imperativo utilitário, obedecendo instruções e aliviados porque agora seus planos, que teriam caído por terra com a minha morte, afinal estavam tomando um rumo favorável para seus interesses. Eram, por assim dizer, executores de um programa longo e minucioso que naquele momento se encontrava na fase final; eram a porção visível daquela rede inescrutável que começara a fechar o cerco não em torno de mim, mas através de mim, havia tanto tempo que nem eu mesmo conseguia agora calcular ao certo.

Acontece que eu conhecia aqueles homens, conhecia os dois perfeitamente, embora nunca os tivesse visto. Sabia, antes que as dissessem, as palavras que eles usariam para instruir ou exigir, sua pronúncia tosca e mercenária, de quem usa fórmulas mínimas, cortantes, somente as necessárias para cumprir as ordens numa língua que não é a de seus pais. Agora eu evocava com familiaridade a tensa precisão de seus gestos e o timbre de sua voz, a farpa aguda do mais alto, falando sempre com frases telegráficas que sugeriam uma espécie de pudor, seu desejo de ocultar a imperícia para se comunicar numa língua estranha ou a vergonha de vir de longe, de uma nação remota e imprecisa da qual seu companheiro, mais baixo e despachado, parecia ao contrário se vangloriar com uma loquacidade que causava extremo desagrado ao outro.

Naquele dia, ao vê-los e escutá-los, tive por momentos a impressão de que os dois homens eram fragmentos de um quebra-cabeça cujas peças me haviam sido entregues em várias passagens da vida para que só pudesse montá-lo muitos anos ou muitos meses mais tarde. Agora podia reconhecê-los como se sempre tivessem estado lá, ou como se eu também os tivesse inventado, de tanto antecipá-los, de tanto pensar que eles viriam, mas sempre incapaz de não temê-los, de não ansiar com medo sua visita. Lá estava a voz que me mandara abandonar na rua o cadáver da velha que tentara me assassinar, lá estavam as mãos longas e o intercílio vincado do homem que vi remexer nas roupas de

Dertz Magoian na tarde em que exibiram seu cadáver no pátio da delegacia, lá estavam todos e cada um dos gestos, feições e inflexões dos espectros que haviam seguido meus passos até Malombrosa como visíveis repetições daqueles guardiães nunca solicitados que só agora eu podia observar à vontade, com crescente desalento e confirmando suspeitas que até então julgava infundadas.

Mas de tudo o que reconheci naquele instante o que mais me inquietou foi o sotaque dos dois homens ao falar comigo e o idioma que utilizavam para se comunicar entre si. Mesmo sem entendê-los, mesmo sem nem sequer conseguir determinar de que parte do mundo provinham, os sons daquela língua hermética já estavam integrados à minha memória tanto quanto o cadáver de Dertz Magoian e minha última conversa com a Leoparda. Sem esforço, eu poderia reproduzir não palavras, mas a cadência áspera com que essa língua ofendia os ouvidos e pairava irremediavelmente no ar quando seu falante tentava se expressar em outra. Se eu não tinha absoluta certeza de que aquele era o sotaque com que os assassinos da velha se dirigiram a mim, podia jurar que era o mesmo com que me falara, aliciara e enganara Leonidas Plötz, o único homem que hoje eu poderia identificar claramente como artífice da minha perdição.

Leonidas Plötz chegara a Malombrosa com a última leva de jornalistas estrangeiros que invadiram o porto atraídos pela lenda de Eliah Bac. De início não lhe dei importância nem achei que ele fosse causar mais problemas que o esperável em casos como o dele. Com o tempo, no entanto, intuí que aquele homem era diferente de seus colegas, mas não o percebi com a clareza suficiente para evitar a tempo as conseqüências de sua visita. Um dia, pouco depois de sua chegada, deparei com ele equilibrando-se na beira do penhasco e fiquei indignado ao notar que estava fotografando a mansão como se se tratasse dos destroços fumegantes de um desastre aéreo. Era habitual os jornalistas aceitarem de saída a proibição tácita de retratar a casa e seus habitantes, mas aquele não parecia disposto a se sujeitar a nenhum tipo de censura. Quando me viu, sorriu efusivamente, bateu mais duas ou três fotografias e em seguida veio até mim para me entregar um cartão que por si só parecia um criptograma. Enquanto eu tentava decifrar o nome do jornal no intrincado timbre, Plötz se antecipou explicando-me que era correspondente de uma agência de notícias alemã, mas seus artigos costumavam ser publicados indistintamente desde a Itália até a Finlândia. Sua especialidade, acrescentou de um modo atropelado que não me pareceu muito próprio de um jornalista, eram as reportagens de fundo, essas que depois viram livros, o senhor sabe, doutor, neste trabalho de fome o que conta são os livros e as fotos que a gente faz. Disse por último que anos antes escrevera uma reportagem sobre o afundamento de um submarino nuclear russo no mar de Barents, e por isso tinha ido a Malombrosa para escrever alguma coisa sobre o discutível sacrifício do *Leviatã*. Agora, no entanto, via que seria um despropósito escrever sobre um submarino a diesel naufragado fazia trinta anos quando ainda havia tanto a dizer sobre Eliah Bac, uma mina de ouro, doutor, com cinco homens como ele os americanos esquecem para sempre seus heróis de quadrinhos.

Plötz era um homem loiro, de mandíbula enérgica, sempre envolto num desalinho que, no entanto, entremostrava um compulsivo empenho em imitar certo estereótipo. Eu já tinha visto muitos homens similares em filmes antigos ou em documentários da guerra espanhola: quarentões com ar de meninos tardios, idólatras do perigo armados com câmeras, com um cigarro eternamente pendurado no canto dos lábios. O próprio

Plötz fumava cigarros russos ou cubanos, de tabaco muito escuro, e era capaz de conversar em todas as línguas da Terra, embora sempre utilizasse para falar consigo mesmo ou por telefone aquele idioma indecifrável que tanto tempo depois me faria lembrar dele.

Dias mais tarde verifiquei com certa desilusão que o homem tinha todos os documentos em ordem e que circulava pelo porto com o mesmo desembaraço que mostrara comigo ao resumir suas razões para estar em Malombrosa. Era simplesmente assombrosa a segurança com que ele brincava com todo mundo, fazia perguntas e fotografava em qualquer lugar sem que ninguém, nem mesmo o gigante Lusignano, ousasse incomodá-lo. Distribuía dinheiro aos montes, geralmente marcos alemães ou dólares americanos, e por momentos parecia que tinha comprado toda a guarnição do porto, pois não raro podia ser visto no cais batendo papo com os soldados, rindo com os marinheiros ou entrando com uns ou com outros em alguma briga de bar que lhe valeu umas poucas horas de cadeia. Seus colegas desapareceram tão logo descobriram que lá não encontrariam nada que já não soubessem sobre o indômito terrorista, mas Plötz foi ficando no porto e afeiçoando-se à mansão, sem cansar de repetir a quem quisesse ouvi-lo que um dia ainda encontraria algo de substancial para escrever a história definitiva de Bac. Eu tendia a achar que esse homem simplesmente não ia embora porque gostava da casa, porque de certo modo havia encontrado nela a mesma secreta harmonia que me cativara meses atrás. Ao pensar nisso me invadia o desejo de afastá-lo com a baixeza do velho que teme ser preterido pelos jovens. Vivia a caluniá-lo, tentava dificultar a vida dele e até censurava discretamente a Leoparda por deixar aquele homem entrar no nosso convívio, perturbar nossa vida e até contaminá-la com sua devoção pela lenda de Eliah Bac. Percebia com infinito desalento que as moças começavam a mostrar por Bac e seu louro hagiógrafo um interesse que nunca antes se infiltrara na casa, parando em sua soleira como uma fileira de formigas diante de um cerco de cal virgem. Era como se os dois personagens encarnassem ao mesmo tempo aquela nação já próxima, exuberante e generosa que financiava os atos de Bac e à qual Plötz devia não apenas seu dinheiro, as meias e as revistas com que comprava o afeto das garotas, mas também suas maneiras refinadas e aquele estilo de senhoraço com que acabou conquistando a Leoparda de um modo que até então eu julgava impossível: — Não se atormente — aconselhou-me a caftina quando externei meus reparos sobre o jornalista. — Aqui ninguém sabe nada sobre Bac, e esse Plötz tem os seus encantos. Um pouco de ilusão até que vai bem para as meninas. — Como sempre, suas palavras foram tão inapeláveis que não tive outro remédio senão fechar-me em copas e conformar-me com a proximidade do jornalista. De quebra, ainda fui obrigado a engolir minha raiva ao descobrir que, entre todas as mulheres da mansão, coubera a Marja tornar-se a favorita dele. Se a Leoparda resolvera apadrinhar aquele romance para me dar uma lição ou se ele a subornara para que o permitisse, é uma dúvida que perdura até hoje. O certo é que, ao desgosto de ver Marja se entregar todas as noites a um mesmo homem, logo se somou a consternação de perceber que ela não era de todo indiferente aos encantos de Plotz. A moça parecia até orgulhosa de ser a eleita do forasteiro, ou a indicada pela Leoparda. Como se já não fosse bastante humilhação, Marja logo se revelou uma fervorosa admiradora de Eliah Bac, não de suas ações contraditórias nem de suas idéias messiânicas, mas de sua lenda, de sua pessoa, de seu rosto repetido nas revistas estrangeiras que ela ganhava de Plötz, todas cheias de fotos que nunca tínhamos visto, tão incertas quanto as outras mas suficientes para envolver Marja e as demais garotas numa cegueira que não por ser ingênua me parecia menos inflamável.

Foi tão grande meu sobressalto, e talvez meus ciúmes, em face daquela conversão, que sem perceber ignorei os conselhos da Leoparda e decidi me entregar à espinhosa tarefa de desiludir Marja. A oportunidade se ofereceu uma tarde em que a encontrei na cozinha na companhia de Plötz, tomando o café com que indistintamente costumavam iniciar ou encerrar seus encontros. Logo vi que minha presença estava muito longe de alegrá-los, mas mesmo assim os cumprimentei, sentei à mesa e puxei uma conversa que fui encaminhando sem grande esforço para o assunto de Eliah Bac. Quando Marja e Plötz começavam a mostrar certo interesse no meu discurso, afirmei que o caso daquele terrorista me parecia muito suspeito e que já era hora de os estrangeiros saberem que Bac era um selvagem, quaisquer que fossem as razões que ele alegava para perpetrar seus atos, pois estava na cara que, no fundo, não passava de um bandoleiro, um assassino, um mercenário cuja estratégia fazia dele não o inimigo, e sim o melhor propagandista do Grande Brigadeiro. Falei tanto e tão inflamadamente sobre Bac, que eu mesmo esqueci por um momento a origem daquele homem. Plötz me escutou com muita atenção e nem pestanejou quando Marja se levantou e saiu da cozinha bufando, de um jeito que prenunciava as lágrimas da filha que ouviu o pai desancar seu primeiro namorado. Eu já ia saindo atrás dela quando Plötz barrou minha passagem.

— Deixe a menina, doutor, isso logo passa — disse em tom conciliador, empurrando-me suavemente de volta para minha cadeira. — Entendo o que o senhor disse sobre Bac, e até posso concordar com algumas das suas opiniões. É verdade que esse homem se comporta como um bárbaro, mas quem não faz isso nos dias de hoje? De início pensei que seus métodos o tornariam impopular, mas agora vejo que ultimamente ninguém se importa com a maneira como Bac pretende mudar as coisas. E já nem lhes interessa saber o que exatamente ele quer mudar. As pessoas precisam é de um herói, e o senhor acabou de ver até onde pode chegar a influência de Bac sobre os jovens. O resto não importa.

Plötz então se levantou, recolheu as xícaras vazias e começou a lavá-las, enquanto, com um suspiro, concluía dizendo que teria de partir logo mais. A agência o estava chamando de volta a Bremen, uma pena, tão bem que se está aqui, mas devia aceitar que em Malombrosa não descobriria nada de novo sobre Bac, e por outro lado o caso do *Leviatã* era tão óbvio e antigo que ninguém em sã consciência pagaria um centavo pela história.

Ao final daquele anúncio, Plötz disse alguma coisa sobre os órfãos do submarino, mas não me lembro muito bem o que era ou não prestei atenção. A lembrança mais forte que guardo daquela conversa é a do abalo que me causou seu comentário do poder que Eliah Bac exercia sobre pessoas como Marja. Dizem que as decisões definitivas ou fatais são sempre tomadas de forma impensada, mas eu, naquela tarde, enquanto fitava a porta pela qual Marja saíra e a brasa do cigarro cubano na boca de Leonidas Plötz, me senti totalmente consciente do que estava a ponto de fazer. Com um gesto que anunciava uma resolução longamente adiada, postei-me junto à pia, fechei a torneira e perguntei ao jornalista:

— O senhor pode me arranjar um passaporte, uma passagem de avião e os contatos para eu deixar o país?

— Isso custa muito dinheiro e é perigoso — replicou Plötz com inusitado sangue-frio. — Além do mais, do jeito que as coisas estão, acho muito arriscado o senhor tentar fugir do país.

— Não é para mim, mas para Marja. E acredite: se o senhor publicar os documentos com que penso lhe pagar, seria bom todos saírem daqui o quanto antes.

— Vou ver o que posso fazer — concluiu Plötz tentando disfarçar o entusiasmo, mas nem precisou dizer mais nada para indicar que havia entendido a dimensão do trato que eu lhe propunha e que faria qualquer coisa para conseguir tudo o que eu pedia.

Penso nisso e não consigo acreditar que quem o faz é o mesmo homem que naquela tarde negociou em duas frases a libertação de Marja. Não me vejo, não me entra na cabeça que eu possa ter sido tão firme e ao mesmo tempo tão histriônico, tão absurdamente enfático que me envergonha imaginar o mudo desprezo que decerto causei a Leonidas Plötz. Deve ter me achado um velho ridículo, obcecado por uma garota que mal se pronunciou quando, dias mais tarde, enfim lhe entreguei o passaporte, a passagem de avião e uma quantia em dinheiro que eu calculava suficiente para ela tocar medianamente a vida que a aguardava no exterior. Ainda teimo em pensar que então vi nos olhos de Marja certa gratidão silenciosa, que por um momento ela ao menos reconheceu até onde podiam chegar minha culpa e meu afeto por ela. Receio, porém, que tudo não passe de mais um engano da minha imaginação e que naquele dia Marja se limitou a aceitar o inestimável tesouro que eu lhe oferecia como quem achou no chão uma carteira cheia de dinheiro e sabe de antemão que não se esforçará muito para devolvê-la ao dono.

Também custo a me reconhecer por completo na madrugada em que fui até o rebocador para cumprir com a minha parte do trato. Então me vejo apenas como uma silhueta recortada contra a janela da mansão, uma sombra que mal distingo quando enfronha o casaco e apalpa os bolsos desajeitadamente para confirmar que continua ali o grosso envelope de papel manilha que uma noite me entregou o delegado Dertz Magoian. De repente meu encontro no píer se dissolve em outro, e não sou eu quem encara a ventania ao abrir a porta de casa, e sim o próprio Eliah Bac, ainda garoto, esperançoso e antigo, ainda incrédulo de que sua sorte logo lhe permita honrar os mortos do *Leviatã*. Eu me transformo nele e compartilho seu receio, mas também seu peito para desprezar tudo e apertar o passo para um encontro inadiável. Sigo ladeira abaixo, e é como se eu já tivesse percorrido esse caminho, como se já tivesse olhado por sobre meu ombro para me certificar de que ninguém me viu descer o morro e avançar obstinado rumo à linha do mar que se percebe ao longe, junto à qual espero avistar o rebocador onde tive a ousadia de marcar minha entrevista com Leonidas Plötz.

A essa hora da madrugada, o porto tem uma textura teatral, um azul claro demais para ser noturno mas tão vivo que o faz parecer uma cenografia. Chego ao pé da ribanceira e caminho rente às casas, furtivo, como quem se refugia da chuva, entreouvindo o rumor do mar encavalado em minha respiração acelerada, com uma ansiedade que só senti quando precisava de ectricina e sabia que estava perto de consegui-la. Quando olho para trás, sinto que o penhasco cresceu para impedir que eu me arrependa e volte para a mansão. À frente só restam o mar, o cais, o latido dos cachorros, a solitária luz de uma venda. Eu disse a Plötz que o rebocador era o melhor lugar para nos encontrarmos, mas agora já não tenho tanta certeza disso e acho que foi um erro marcar com ele num lugar tão carregado de maus presságios.

Mas é tarde demais para me arrepender. A proa enferrujada do rebocador já se destaca entre os outros navios do cais, diferente, ofensivamente retangular, inválida na noite que começa a sumir, não só na minha memória mas também em Malombrosa, naquela madrugada sem estrelas que resiste a se parecer com outra madrugada de trinta anos atrás, mas que certamente cheira igual, pesa igual àquela enquanto caminho ou recordo que caminho rumo ao rebocador. De início não vejo ninguém na ponte de comando, e me incomoda descobrir que a realidade não concorda com minha imaginação. Então me dou conta de que não sou Eliah Bac e de que não é o sargento Kirilos Grieve quem espera por mim. Plötz talvez esteja no camarote, saboreando o prêmio de sua perseverança, quem sabe ansioso para fechar o trato e deixar Malombrosa o quanto antes. Eu me pergunto o que se passará agora por sua cabeça, se ele saberá avaliar o que estou prestes a lhe entregar.

Já começo a achar que deveria voltar, quando vejo Plötz sair do camarote, subir para a ponte de comando e fazer o sinal combinado para eu abordar o rebocador. Quando me aproximo dele, o jornalista mal responde ao meu cumprimento, recebe em silêncio o envelope manilha e o abre às pressas. Agora parece mais baixo e taciturno, concentrado em concluir uma operação que não lhe agrada muito. De repente, tenho a impressão de que Plötz já conhece a natureza dos papéis que lhe entreguei, como se soubesse perfeitamente que Eliah Bac é uma invenção do Grande Brigadeiro ou de seus homens. À medida que vai examinando os documentos e as fotografias, seu rosto se ilumina um pouco, não com gratidão nem surpresa, mas com a tranqüilidade de confirmar que afinal tem nas mãos o que estava procurando. Então aproveito para lhe pedir, quase advertir, que não se esqueça de Marja quando também ele voltar para a Alemanha. Plötz assente de maneira vaga, acaba de examinar os papéis e os devolve ao envelope, que enfia em seu casaco. Por fim aperta minha mão, mas seu rosto se endureceu. Já não sou capaz de distinguir nele nenhuma emoção, nenhum sinal de que dentro daquele corpo há realmente um homem. De repente, Plötz se transformou num autômato, num ser dissecado que já não tem vontade, necessidade nem capacidade de comunicar nada. Quase me espanta que de repente aquela esfinge ainda seja capaz de falar quando, antes de partir, ordena que eu espere dez minutos antes de voltar para a mansão e acrescenta que no camarote encontrarei algumas coisas que servirão para me proteger quando a verdade sobre Eliah Bac vier à luz.

Por meses a fio tive um sonho recorrente em que um evento inesperado me livrava de presenciar a morte da Leoparda. Um capricho, um deslize do acaso impedia que naquela madrugada eu voltasse à mansão depois do meu encontro com Plötz no rebocador. Ou então a própria Marja, preocupada com minha ausência naquela noite turbulenta, adiava sua partida e se precipitava à rua para me deter horas antes de a multidão enfurecida saber da morte de Eliah Bac e resolver me linchar no bordel.

No sonho, que agora entendo delirante em reação às primeiras injeções que me deram quando aqui cheguei, eu tentava me confundir com um grupo de pescadores que então iniciava sua marcha rumo ao penhasco, mas ao me misturar a eles descobria com horror que eu adquirira não apenas sua aparência mas também o desejo irrefreável de vingar a morte de Bac incendiando o prostíbulo e todos os que nele estavam. Éramos guiados pela sanha de linchar o criminoso que alguém tinha visto se esgueirando de madrugada no cais, aquele forasteiro que nos enganara com suas artimanhas só para chegar até Eliah Bac e assassiná-lo. Apertávamos o passo, empurrávamos, gritávamos todos a uma só voz a nossa raiva e o nosso temor de que o Exército nos interceptasse antes que pudéssemos satisfazer nosso desejo de vingança, antes que outras mãos indignadas atirassem contra o casarão as primeiras pedras ou a granada que eu mesmo erguia à frente de todos como uma tocha libertária num mau quadro de Ruky.

O pior dilema do prisioneiro está em duvidar de sua inocência e de sua culpa. Em casos como o meu, não há maneira humana de achar um esteio que permita suportar a tortura, o isolamento e as surras; não há descanso possível porque não existe a convicção de que um dia seremos absolvidos nem a resignação de estar pagando por um crime que de fato cometemos. Inclemente, o cérebro atormentado que gerava em mim aquele sonho reavivava também as minhas dúvidas, minha sinuosa relutância em reconhecer que eu assassinara Eliah Bac e que portanto merecia não esta pena, mas a explosão atroz da granada que naquele meio-dia irrompeu na janela do bordel e atingiu a Leoparda, mas que na realidade era dirigida a mim. Quando, no sonho, eu chegava ao ponto de atirar a granada, era acordado pela angústia de não saber se eu também estava dentro da casa ou se havia conseguido escapar a tempo de evitar a turba. Então fitava com uma ponta de gratidão as paredes da minha cela, as trincas, as manchas de umidade que eu vira crescer lentamente desde o dia em que me trouxeram para cá e que eram o aviso insidioso de que tinham se passado meses ou talvez anos desde que aquela mesma granada explodira nas pernas da Leoparda. Em seguida, porém, descobria que a culpa continuava lá; não mais a raiva, mas o desassossego, o pânico de ir descobrindo algo terrível sobre mim mesmo, a aflição de não ser capaz de suportar o remorso ou a certeza de que aquele sonho continuaria noite após noite até assumir a forma monstruosa de uma convicção que não me abandonaria jamais.

Naquele sonho eu não duvidava que era o assassino de Eliah Bac. E tinha portanto certeza de merecer o castigo que eu mesmo, dissolvido agora na multidão furiosa, desejava infligir. O que eu não conseguia explicar era como, quando e por que o matara. No meu percurso até aqui, enquanto tentava recuperar a consciência sem saber se era devido à explosão ou às drogas que estava prostrado na ambulância, os homens que tomavam conta de mim pareciam saber tudo a meu respeito e, o que era pior, mostravam-se convencidos de que eu também sabia perfeitamente o que havia acontecido. Nunca me perguntaram nada, nunca duvidaram de mim. Ao contrário, pareciam satisfeitos, orgulhosos, reconfortados por eu ter cumprido com meu dever e por eles terem conseguido me salvar do linchamento. Por pouco não senti neles um fundo de tristeza quando chegamos à costa e me entregaram aos guardas da fortaleza, como se se despedissem de um ente querido, como se realmente lamentassem meus ferimentos e admirassem meu sacrifício em nome do Partido, como se a qualquer momento um deles viesse a materializar um maço de dinheiro para entregá-lo aos guardas pedindo-lhe que não me tratassem mal, porque este homem que vocês estão vendo, camaradas, é um herói da Revolução e merece todo o respeito.

Lembro-me sem nitidez nem ordem do que aconteceu logo depois que meus salvadores me tiraram da ambulância e me deixaram nas mãos daqueles que eu também não soube se eram guardas, enfermeiros ou as duas coisas ao mesmo tempo. Recordo luzes, objetos e sons dispersos: o arrulho de uma barcaça abrindo caminho entre as águas, fardas militares sob jalecos que deveriam ser brancos, o chiado impetuoso da minha maca ao avançar por uma trilha de cascalho, um caminho mais benigno de lajotas, o piso de linóleo do corredor pelo qual me levaram até um salão muito iluminado, com meia dúzia de catres impecáveis e vazios alinhados lado a lado como peças soltas de um dominó. Já perdi a conta das injeções que me aplicaram desde esse dia, e só seria capaz de descrever com algum detalhe os efeitos da dose que me administraram tão logo entramos naquele quarto imaculado. Tenho vivido desde então as mais aberrantes alucinações da overdose e da abstinência de sulfazina e haloperidol, mas todas parecem hoje meras repetições daquele primeiro delírio em que eu só acabava de rever cada episódio da minha vida enfiando a cabeça na privada, golfando as entranhas como se tentasse me desfazer ao mesmo tempo da droga e das visões que ela gerava no meu cérebro. Uma única dose de haloperidol bastara para desdobrar minha memória ante meus olhos, para que eu pudesse vê-la, vomitá-la, envergonhar-me e resolver falar dela com uma irrefreável loquacidade. Quando eu nem havia tirado a cabeça da privada, a língua já disparara aos trancos, desenfreada, mas sem nunca atingir a velocidade com que de súbito eu queria contar tudo, cuspir tudo com o único desejo de agradar ao médico que me segurava pelas axilas com mais perícia do que piedade. Queria lhe entregar a minha história inteira e me sentia disposto até a mentir, a inventar, a lhe dizer qualquer coisa contanto que fosse do seu agrado e assim continuasse a me segurar e não me deixasse sozinho naquele quarto infestado de fantasmas.

Eu falava, então, mas percebendo ao mesmo tempo que contar-lhe a minha versão dos fatos era apenas o início de uma longa viagem. Quando o médico afinal me arrastava para fora do banheiro e me jogava como um fardo num dos catres, meu terror crescia ao descobrir como eu ainda estava longe de merecer sua aprovação. Enfocava seu rosto por entre a névoa e só distinguia seu desapontamento, seu cansaço diante de um obstáculo inesperado, sua indignação em face do meu empenho por lhe contar somente a minha verdade, essa verdade que a droga não me extirpava por completo e que, longe de lhe agradar, lhe repugnava, aborrecendo-o sobretudo quando ia ficando tarde e ele, olhando seu relógio com um suspiro, resolvia me perguntar justamente aquilo que eu ainda não podia responder como ele queria:

— Por que você matou Eliah Bac, camarada?

— Eu não o matei. Por que escolheram justo a mim? Por que não usam alguém da secreta?

— Como conseguiu a arma?

— Estou lhe dizendo que eu não o matei.

— Claro que você fez isso, camarada. Marcou um encontro com ele no rebocador e lhe deu dois tiros no coração. Depois jogou a arma no mar e voltou para o prostíbulo, onde o encontramos.

— O homem já estava morto quando cheguei ao rebocador — eu respondia apesar de mim mesmo, não uma, mas mil vezes, com a mesma obcecação que ele usava em seguida para me contradizer ou corrigir. Então o médico voltava a olhar seu relógio, um aparatoso relógio de ouro que destoava um pouco da sobriedade do seu jaleco branco, dos seus modos exatos e do seu rosto sem matizes, estilizado, como que desenhado em poucos traços por um propagandista do Partido para um cartaz de recrutamento. De repente ele jogava o corpo para trás, parecendo se preparar para ir embora. Mas não saía, não podia ir ainda porque acabava de chegar de volta, porque a droga que ele me injetara mal começava a fazer efeito e era evidente que eu não havia entendido que ele não estava lá para me escutar, nem sequer para me convencer, e sim para implantar nos destroços do meu cérebro um sistema de memórias novo, muito mais sólido e coerente do que aquele que até então me fizera ser quem eu era.

Uma tarde, derrubado por um contra-ataque de febre, respondi que sim, doutor, eu matei aquele canalha do Eliah Bac. Mas ele apenas sorriu de leve, como o melômano que acaba de ouvir uma nota em falso, negou várias vezes com a cabeça, consultou seu relógio de ouro e voltou a enumerar as minhas faltas como se constituíssem um sangrento catecismo no qual, à força de repetição, eu acabaria eventualmente acreditando. Agora, no entanto, eu começava a notar que na rotina do meu mentor havia também uma certa urgência, que entre uma lição e outra iam surgindo novos sinais, nuanças mínimas mas preocupantes: um leve desgaste dos olhos, um princípio de alarme clínico em seus gestos, como se o próprio ato de olhar o relógio não fosse apenas parte do nosso programa de aprendizagem, mas realmente houvesse pressa em apagar de uma vez por todas a longa sucessão de transes que minava a reconstrução da minha memória em frangalhos: a morte de Dertz Magoian, o modo como cheguei a Malombrosa, a saudade da Leoparda, meu encontro com Plötz ou a simples lembrança daquela manhã inverossímil em que acordei encharcado de suor, sem saber quem era nem onde estava, percebendo apenas o calor que me oprimia o corpo, as paredes nuas do meu quarto no bordel, a encrespada cordilheira de lençóis que eu não tivera tempo de aquecer porque acabava de desabar sobre eles, sem tirar o casaco com que pretendera me resguardar no percurso até o cais, as luvas com que poucas horas antes cometera a besteira de auscultar o pescoço quebrado de Eliah Bac. No espaço de um segundo fui um relâmpago de inconsciência pura. A febre de então ou a droga de mais tarde despojaram aqueles objetos de qualquer significado, esvaziando-os até parecerem meras figuras, lampejos tão ambíguos quanto o clarão que nos trai quando fechamos os olhos na busca vã do escuro total.

Aos poucos, no entanto, a brisa daquele dia desatinado entrou pela janela, esfriou meu corpo e me devolveu a noção de tudo o que acontecera no rebocador poucas horas atrás. Então voltei a escutar claramente o eco dos passos de Leonidas Plötz afastando-se às pressas pelo cais, e escutei também os meus quando desci até o camarote para achar um homem sentado de costas para mim, mudo e imóvel, com o rosto virado para o alto, como procurando estrelas no céu do teto. Quando já ia lhe perguntar o que estava fazendo ali, notei algo de estranho em sua postura. Com os olhos ainda incrédulos de medo, antevi seu rosto banhado num brilho lunar, quase ambarino, refletido nas ondas. E imaginei também seus arquejos recentes, sua surpresa oca ao sentir o abraço profissional de quem estava prestes a quebrar-lhe o pescoço, o latido dos cachorros quando o mataram num lugar que não devia ficar muito longe dali, o silêncio cúmplice do mar quando o carregaram para dentro do rebocador, antecipando meu próprio vulto atrás da cadeira, decidido a não me aproximar mas incapaz de não fazê-lo, de não olhá-lo e enfim reconhecer o rosto que eu já vira em tantas fotografias, o cabelo crespo, o queixo agudo, as feições robustas ainda que deslocadas do infeliz eleito para viver e morrer como o homem que o verdadeiro Eliah Bac nunca chegara a ser.

Mas não foi só a brisa em meu quarto que acabou por me devolver a consciência naquela manhã. Foi também o medo, o pânico repentinamente carregado da certeza de ter sido traído por Leonidas Plötz, escolhido por ele para ser o assassino de Eliah Bac, um maremoto de medo e de raiva que não cabia naquele aposento onde por algum tempo chegara a me sentir a salvo. De repente me dei conta de que não tinha sido acordado pelas batidas da Leoparda e inquietou-me pensar que, de algum modo, a caftina sabia que algo de anormal acontecera comigo naquela noite. Quem sabe até suspeitasse que eu tinha voltado de madrugada com um morto pesando nas pupilas. Teria intuído essa evidência no ritmo arrastado dos meus passos ladeira acima, no meu jeito de abrir a porta da mansão com cuidado de bêbado tresnoitado, de subir as escadas e me esparramar na cama não de sono, mas de cansaço e confusão: cada um desses atos me parece agora uma tremenda tolice, uma confissão de culpa que vem somar-se ao meu desalinho sem que eu consiga reconhecer a mim mesmo quando soergo o corpo e observo os claros que ficaram onde antes estavam as pinturas que Marja tanto adorava, confusamente primeiro, depois com um sobressalto ainda meio incompreensível. Então tento não fazer barulho e chego a esperar que não me encontrem. Quero que me deixem sozinho, que também me dêem por morto. Meu único anseio é dissolver-me para sempre, ser levado pela brisa, não ter que escutar de repente a voz da Leoparda mandando as moças pararem de jogar baralho e abandonarem a casa, esse rumor de galinheiro invadido, de portas batendo, de pés descalços subindo as escadas a toda a pressa, o roçar dos corpos angustiados esbarrando uns nos outros, apinhando-se na cozinha, saindo e perdendo-se nas ruas do porto enquanto eu acabo de recobrar a consistência que estava a ponto de perder.

De repente, o único pensamento que me mantém ligado ao mundo é minha preocupação com a segurança de Marja. Essa idéia me faz levantar e sair para o corredor, onde corroboro as cenas que antes só escutava: a debandada, a porta entreaberta do quarto ao lado, onde uma garota acaba de reunir suas coisas numa mala que mal consegue carregar. Corro a segurá-la pelo braço e a lhe perguntar por Marja, mas ela está assustada demais para me entender e só atina em dizer que Eliah Bac foi assassinado. Em seguida corre também para a porta dos fundos da mansão e segue pela rua que margeia a encosta, onde ninguém espera por ela, em direção a essa cidade onde suas companheiras já começaram a se perder para evitar não se sabe ainda o quê. Observo a retardatária se afastar e descubro que ela deixou cair nos degraus uma boneca estranhamente felpuda, meio urso, meio menina. Recolho-a, aperto-a na mão, começo a descer as escadas como um colossal macaco desceria de um arranha-céu levando sua presa inerte. Carrego a esperança de que a Leoparda também tenha partido para me deixar sozinho neste lugar abandonado onde começo a assumir minha condição de culpado, nesta casa à qual já não pertenço e onde começo a sentir que não é a morte o que dói ou o que mais tememos, tampouco a incerteza do destino final, nem mesmo a dor do trânsito, e sim o espaço que deixaremos vazio, as coisas que não mais serão olhadas por nós, as palavras que outros buscarão nos nossos lábios para encontrar apenas um silêncio imenso. Entendo que, no meu caso, esse vazio não há de ser muito eloqüente, mas mesmo assim vai doer: na minha maleta de médico que ficará guardada num armário da cozinha, nos livros-caixa que a Leoparda há de decifrar com impaciência quando eu tiver partido, nos baralhos que as moças deverão tirar do meu guarda-roupa com uma sensação de afronta ou despropósito. Mas sei também que no fim não terão outro remédio senão aceitar a minha ausência, até que um dia, quando tudo voltar a ser como antes, a Leoparda descerá até sua repartição, apagará meu nome dos registros, e só então começará a me esquecer.

Com tanta força nos aferramos aos futuros iminentes e prováveis, tão grande é a naturalidade com que os construímos, que depois é insuportável não ver sua confirmação. De improviso, alguma coisa os desbarata, os aniquila como fez a Leoparda com seu imperdoável gesto de não estar em outro lugar quando cheguei ao patamar da escada e a vi lá embaixo, indômita, instalada como uma rainha em sua poltrona preferida. Seu rosto, que minutos antes devia ter se afogueado com a pressa de evacuar o edifício, repousava agora pálido e tranqüilo na cabeceira de veludo vermelho. Era como se a própria caftina acabasse de derramar sobre o semblante uma máscara leitosa que logo endureceu, dando-lhe uma aparência de mármore funerário. O sol do meio-dia entrava a pino pela clarabóia do salão principal e acariciava seus olhos fechados com uma doçura que só se vê na natureza quando ela acolhe seus mortos próximos ou recentes. Ao vê-la assim, pensei por um instante que aquela mulher ainda tinha força de vontade para viver cem anos, mas estava enganado: mais do que à confiança desmedida em seus recursos, a paz que então tomou seu rosto se devia sobretudo a sua resignação, como ela mesma deixou bem claro assim que começou a falar comigo, com uma secura que, no entanto, acusava uma boa dose de rancor e decepção.

— Não se preocupe — disse mordiscando sua piteira com aquele seu jeito, tão próprio, de sempre se antecipar ao que eu não ousava lhe dizer. — Se está procurando seus quadros cor-de-rosa, fique sabendo que se foram na bagagem da sua Marja. Ela foi embora ontem à tarde, e só espero que não tente sair do país levando aqueles horrores. — Acabara de acender um cigarro e fumava com uma fruição em que já se notava um vago aroma de despedida. — Sabe de uma coisa, doutor? Nunca gostei destes cigarros para senhoritas. Se eu soubesse que o senhor ia botar tudo a perder, eu nem teria me dado ao trabalho de largar os charutos.

O tumulto de minutos atrás fora substituído por um silêncio de sinos mudos. De fora ainda não chegava nenhum sinal de alarme, mas o eco da fuga das garotas e a ameaça invisível da multidão retumbavam nos meus ouvidos com uma estridência insuportável.

— A senhora não pensa ir embora? — perguntei-lhe com sincera preocupação, postado no patamar da escada. Mas a Leoparda pareceu não me escutar. Simplesmente tomou um gole de seu vinho, contemplou por um momento a vaga cicatriz de fumaça que lhe atravessava o rosto e disse, como quem fala só para matar o tempo:

— Eu, sair daqui? Esta é a minha casa, doutor. Além do mais, não é atrás de mim que eles estão. Se alguém tem que ir embora é o senhor. Todos lá fora estão muito aborrecidos. Não gostaram nem um pouco de saber que alguém lhes tirou Bac, e justamente aqui, em Malombrosa. Pelo jeito, seus amigos da secreta não vão chegar a tempo de salvar o senhor.

— Eu não tenho amigos na polícia secreta.

— Estão furiosos — continuou ela, como se falasse sozinha. — E não é para menos: realmente fizeram tudo errado. Se quer saber a minha opinião, acho que deviam ter acabado com essa farsa do Eliah Bac há pelo menos dois meses, antes que as pessoas se apegassem a ele.

— Eu não matei ninguém, senhora.

— Por favor, doutor, não me trate como uma idiota. Eu não mereço. Seu chefe também não era exatamente um lorde, mas pelo menos sabia me tratar como uma dama.

— Não sei de quem a senhora está falando.

— De Magoian, quem mais? Eu conheci muitos homens

ao longo da vida, acredite, mas aquele gordo é o mais esperto de todos.

— Foi ele que lhe falou de Bac? O delegado disse alguma coisa sobre um homem chamado Kirilos Grieve?

— Ao contrário, doutor. Fui eu que lhe contei algumas coisas sobre Bac e sobre o porco do Grieve. — A caftina começava a mostrar uma certa inquietação, como se de algum modo minhas respostas estivessem perturbando seu laborioso sossego. Enquanto falava, olhava para mim de soslaio, mas evitando meus olhos como se temesse descobrir neles uma versão dos fatos que não encaixasse exatamente na dela. Então voltava a fumar, levava a taça aos lábios e falava comigo como se na verdade acabasse de tomar um grande gole de sangue frio. — Não me olhe assim, doutor. O senhor não faz idéia das coisas que homens como o sargento Grieve são capazes de confessar nos braços de uma mulher. O delegado Magoian, em compensação, sabia muito bem. Por isso ele veio até aqui me ver. Quando lhe contei que Grieve tinha assassinado Eliah Bac, ele disse que alguém tinha tentado enganá-lo e saiu daqui como uma fera. Mas voltou naquela mesma tarde, já refeito, muito senhor de si, e me mandou não comentar o assunto com ninguém. Imagino que já naquele momento tivesse bem clara a idéia de ressuscitar Bac.

— O delegado Magoian está morto — interrompi-a, no impulso não deliberado de perturbar sua calma; mas a notícia nem sequer pareceu apanhá-la de surpresa. Talvez ela só tenha sentido um abalo instantâneo, muito profundo, muito rápido, apenas o bastante para decidir que eu era a última pessoa na face da Terra com quem ela desejava lamentar a morte do delegado.

— Quando foi? — perguntou.

— Há dois meses. Seus homens o acharam enforcado no escritório.

— Isso explica toda essa demora em acabar com Eliah Bac.

Magoian nunca permitiria uma coisa dessas, não deixaria a mentira escapar do controle. Em vez de matar Magoian, deviam ter-lhe dado uma medalha. Graças a ele, ganharam o inimigo perfeito, e já viu como lhe pagaram. Mas o que o senhor pode entender disso tudo? Como vai se importar com essas coisas se não passa de um matador que nem sequer soube fazer seu trabalho direito? Esses tiros devem ter sido ouvidos até em Moscou. Se pelo menos tivesse esfaqueado o sujeito, ninguém teria percebido nada, e o senhor teria todo o tempo do mundo para fugir tranqüilamente, como Marja.

— Aquele homem não era Bac e já estava morto quando cheguei ao rebocador. Não houve tiro nenhum; quebraram o pescoço dele.

Mais do que iracunda, minha resposta deve ter sido realmente desesperada e convincente, pois só então pude ver na Leoparda a nudez, o desamparo do vencido e a tristeza do cúmplice. A esta altura é impossível para mim imaginar as coisas que ela pensou me dizer naquele instante. Só consigo escutar as que de fato me disse, jogando seu cigarro enquanto encolhia os ombros.

— Que diferença faz, doutor? Lá fora todo mundo pensa que esse pobre coitado era Eliah Bac e que o senhor o matou. E é bom começar a acreditar nisso. Seja como for, confesso que tudo isso me deixa um tanto triste. Estava começando a me acostumar com o senhor.

Já repeti essas palavras uma infinidade de vezes, sempre dando a elas uma interpretação diferente, mas nunca uma que me agradasse ou redimisse, nenhuma que pudesse ao menos ir na direção dos meus desejos: culpar Dertz Magoian, reviver a Leoparda, justificar minha estupidez e minha vergonha por ter sido um instrumento tão previsível nas mãos de quem criou Eliah Bac para depois aniquilá-lo. Eu olhava para a Leoparda e pensava que nem sequer o próprio Bac devia ter sido tão dócil quanto eu, que nem sequer o seu fantasma resistira à tentação de se rebelar quando demoraram a matá-lo ou a me mandar matá-lo; quando seus criadores não foram capazes de suspeitar que, à força de tanto alimentar seu mito, a ausência dele causaria, sim, muita dor, nem que alguém, naquele dia ou em outro qualquer, poderia acreditar tão firmemente em sua lenda que não pensaria duas vezes antes de se juntar a uma turba ensandecida, antes de marchar contra a mansão do penhasco onde a Leoparda me observava emudecer no patamar da escada, antes, enfim, de jogar pela janela uma granada vingativa e com ela apagar o cigarro da pessoa errada.

Só agora consigo entender que minha prematura submissão a colaborar com o médico da fortaleza era justamente o que mais o exasperava. Ao seu olhar especializado e calejado até o cansaço por dezenas de doutrinações semelhantes, minha mansidão daquelas primeiras jornadas deve ter-lhe parecido uma afronta, um obstáculo colossal para gerar convicções em quem nunca as tivera. Sem dúvida teria sido mais fácil para ele se bater com um legítimo assassino, vencer a resistência de um fanático em vez de se enfrentar com alguém como eu, sempre alheio a todo tipo de fé, inepto até para a mentira, obediente sem fervor nem valentia a qualquer pessoa que se erguesse um milímetro acima de mim. Quando penso na dor de cabeça que lhe devo ter causado naqueles dias, compartilho sua apreensão e revivo com certa culpa a manhã em que seu relógio de ouro marcou a hora que ele tanto temia. Acuado por aquele prazo inadiável, não teve outro remédio senão acreditar na minha conversão e me entregou aos seus superiores com a remota esperança de que eu saberia cumprir com as funções para as quais ele tentara me preparar. Eu também intuía que ainda era muito cedo para representar meu papel de salvador da Revolução, mas mesmo assim me deixei levar sem perceber que tanta docilidade acabaria sendo minha perdição.

Como àquela altura meu corpo já começava a desenvolver uma dependência de sulfazina, de manhã o médico me despachara com uma injeção de dez gramas que já tinha feito um enorme estrago quando vieram me buscar. Um banho gelado me reinstalou numa lucidez embotada, dessas que nos permitem perceber o que está acontecendo em volta sem que possamos fazer grande coisa para alterá-lo, que dirá remediá-lo. De repente me vi num grande salão que em nada lembrava as camas, os muros, a brancura ambiguamente hospitalar que acabava de deixar para trás. Eu estava tão atordoado que não conseguia entender de onde saía tanta gente, com quem estavam falando nem o que pretendiam os numerosos vultos que iam e vinham por todo o salão. Então, bem embaixo de um vitral com motivos árabes, distingui uma mulher que se inclinava para falar com um ancião lívido que a escutava sem pestanejar. O corpo da mulher não me deixava ver todo o rosto do velho, mas mesmo assim logo percebi o ar vagamente familiar do seu uniforme coberto de medalhas, de suas mãos afiladas, quase femininas, e daquela figura empertigada que acabou remetendo-me às estátuas, às moedas, aos imensos cartazes e aos discursos televisionados com que o Grande Brigadeiro fora construindo o culto à sua pessoa como uma parte lógica e coerente do triunfo da Revolução.

Mas esse homem já não passava de um arremedo daquele, de um boneco mal estofado, muito mais velho, lívido, maquiado pela mulher que de início eu pensara ser assistente dele e que agora recuava para contemplar sua obra com mais horror do que satisfação. Ao lado dela, um oficial de no máximo vinte anos estudava o velho através de uma sofisticada câmera fotográfica. Olhava, praguejava, tornava a olhar, pedia menos luz e ajustava sem cerimônia uma estrutura invisível que devia estar sob as roupas do modelo e que o fazia aprumar ou relaxar ao capricho daquele jovem titeriteiro.

A câmera, o barulho, aquele boneco frouxo e sua mola milagrosa dançam hoje na minha memória como saídos de um desses filmes mudos que tanto me assustavam quando criança. Convencidos de que um dia eu acabaria gostando deles, meus pais me obrigavam a ficar até o final da sessão e não pareciam sossegar enquanto não me ouvissem soltar uma enervante gargalhada que já então evidenciava meu temor do castigo, minha submissão, a horripilante inércia com que uma tarde de muitos anos depois obedeci à ordem de apertar a mão do velho enquanto tentava afugentar a sensação de que, se o soltasse, o boneco inteiro viria abaixo com uma desordem de andaimes, gritos e lâmpadas explodindo. Só o incessante clarão da câmera conseguiu manter-me lá, sorridente, aparvalhado, também sustentado pelo frouxo cordel da minha obediência, apertando aquela mão inerte que de repente teve a má idéia de me lembrar a mão do delegado Dertz Magoian, não porque houvesse alguma semelhança física entre as duas, mas porque também desta vez me parecia que, ao apertá-la, eu estava selando um pacto cujas cláusulas desconhecia.

A sessão deve ter durado dez minutos, se tanto. Não obstante, quando me tiraram a última fotografia, eu já sabia que não tinha forças nem vontade para seguir adiante. Sentia-me como se tivesse acabado a primeira parte de uma prova crucial e ainda faltassem várias folhas com equações e perguntas que eu já duvidava se saberia resolver. Vagamente, no entanto, também começava a pensar que aquela prova na realidade me importava muito pouco. Nem a veemência do médico do relógio de ouro nem a sofisticação daquele cenário fotográfico devolveriam a vida a Dertz Magoian ou à Leoparda, mas tampouco poderiam arrancar de Marja a liberdade que eu havia conquistado para ela. Pelo menos nisso eu conseguira vencê-los. Por uma vez eu tinha resolvido a meu modo uma equação aparentemente insolúvel, e dali em diante ninguém poderia me roubar a satisfação de já não ter nada a perder.

Talvez a única certeza que resta quando desistimos de tudo é o que os outros dizem saber de nós. Podemos resistir a acreditar neles, defender por algum tempo o que pensamos ter feito ou vivido, mas acaba que é sempre a versão dos outros, convincente e enfática, o que por fim nos seduz, o que afinal nos faz ser o que somos. Quando falamos ou nos olhamos no espelho, pensamos por momentos que essa é nossa voz e que são realmente nossos os traços que vemos, nunca totalmente detestáveis ou vetustos, antes congelados nessa idade em que um dia resolvemos nos instalar porque então nos sentíamos aceitavelmente bonitos e perdoavelmente jovens. Até que um dia ouvimos nossa voz numa gravação ou vemos nosso rosto numa fotografia, e o que mais nos assusta não é a dificuldade de nos reconhecermos, e sim a tranqüilidade com que os outros aceitam que essa voz e esse rosto são inapelavelmente os nossos, aquilo que eles escutam, que eles vêem e que, por conseguinte, é verdadeiro.

Não faz muito tempo, pude ver uma das fotografias que tiraram de mim quando apertava a mão incerta do Grande Brigadeiro, e foi tão surpreendente vê-lo tão jovem quanto a mim tão velho. Era uma fotografia em preto-e-branco, publicada num número antigo do jornal oficial do Partido. Mal me deixaram vê-la, mas mesmo assim cheguei a ler meu nome numa manchete rimbombante que me apresentava como Herói de Malombrosa. Mais abaixo vi também as declarações que naquela tarde decidi não repetir, o libreto que esqueci de cabo a rabo quando me levaram para outra sala menor onde se multiplicaram as câmeras, os clarões, os rostos ávidos que me olhavam como se eu fosse um selvagem recém-achado numa ilha que se julgava deserta. Foi então que um jornalista que devia ser inglês ou americano me perguntou sobre meus motivos para ter executado Eliah Bac, ao que só pude ou quis responder que Bac estava morto havia pelo menos trinta anos e que seu nome tinha sido adotado pelo regime para desacreditar a democracia. Não enunciei nem recordei nada do que o médico me mandara recordar; não listei cada uma das atrocidades que teria visto Bac cometer nos anos em que supostamente combatera ao lado dele, não descrevi sua barbárie, o modo como ele ria de seus aliados da CIA e dos que ainda acreditavam em sua hipócrita promessa de uma liberdade que ele mesmo escarnecia porque não passava de ilusão, de uma promessa de saqueio disfarçada de filantropia. Não disse, em suma, o que queriam que eu dissesse. Por uma vez honrei a memória de Dertz Magoian, estraguei o jogo deles, como ele dizia, e não me importei quando evacuaram apressadamente a sala alegando que eu estava doente e me arrastaram até aqui para aplicar um tratamento que por pouco não me matou.

Contra o branco incandescente, de súbito se desenha uma imagem, um rosto familiar que já parece outro, o do meu mentor, do médico da fortaleza examinando minhas pupilas, sua mão buscando meu pulso e medindo-o com os olhos postos em seu relógio de ouro, o jaleco que se ergue e se afasta para descortinar outras imagens no quarto: um homem ossudo fumando com estudada displicência sentado numa cadeira de metal, com o encosto virado para a frente, uma enfermeira que alinha ou guarda seringas num estojo preto, outro homem do qual só consigo ver os olhos porque se inclinou sobre mim como se fosse me beijar ou morder. Às vezes ainda acordo no meio da noite sufocado pela proximidade desse homem, pelo cheiro da sua loção, pela mão que não vejo mas que sinto apertar meu queixo: firme, inclemente, consumada na arte de provocar medo, mais exata que a mão do médico, que se afastou de nós como que anunciando sua passagem a um segundo plano no grande teatro da minha conversão. Tento procurá-lo com os olhos, mas o homem que não vejo me impede o movimento, segura minha mandíbula para que eu não deixe de aspirar seu hálito repugnante nem de escutá-lo quando me fala com sua raiva gasta de exímio torturador.

— Já tivemos muita paciência com o senhor, amigo. Demais para o meu gosto. Qualquer outro no seu lugar se sentiria honrado com esta chance.

Afinal consigo ver parte do seu cabelo, muito curto, grisalho, incompatível com os pêlos pretos que distingo nas costas de sua outra mão quando a aproxima do meu ouvido segurando uma pequena caixa prateada. Logo me preparo para descobrir que nova espécie de dor esse instrumento poderá me provocar, mas demoro em sabê-lo. Uma crepitação como de folhas secas sai da caixa, prolonga-se interminavelmente enquanto o homem me diz:

— Não pense que estes métodos me agradam, mas o senhor não nos deixa alternativa.

Então a escuto, reconheço sua voz em meio às turbulências de uma gravação. De início ainda acho que não é ela, não a distingo claramente sob um rumor de portas se fechando e de objetos planos caindo no chão ou sendo jogados sobre uma mesa, mas a voz de Marja enfim chega clara aos meus ouvidos, toma fôlego e treme ao repetir meu nome, insistindo em que fui eu quem lhe deu aquele passaporte, ninguém mais. Outra voz quase inaudível pergunta alguma coisa que ela evidentemente está cansada de escutar. Não, responde, ela não sabe nada sobre Eliah Bac nem conhece nenhum Leonidas Plötz, camarada, já disse que foi o doutor quem me deu o passaporte, ele me amava, sei lá, coisas de velhos. Ouço ela falar e posso vê-la numa saleta do aeroporto, sentada, as mãos sobre o regaço e sua imensa cabeleira preta derramada no espaldar de uma cadeira de metal. Diante dela senta-se um homem ou uma mulher saídos dos seus mais profundos temores, um interrogador que ela mal consegue enxergar porque o cubículo está às escuras ou porque também a colocaram sob um refletor que lhe encharca a testa, os olhos fundos, os lábios que me culpam, todo aquele rosto perfeito que me nego a ver desfeito como tantas vezes sonhei o da minha bela levantina, esse fantasma dos meus remorsos que arbitrariamente teimo em acreditar que é a mãe de Marja.

— O que fizeram com ela? Onde ela está? — pergunto a não sei quem, sem que minha raiva baste para safar meu rosto da mão que continua a me apertar a mandíbula.

— Calma, doutor — replica o homem que fumava na cadeira de metal. — Sua amiga estará onde o senhor quiser, desde que ela fique no país e, de uma vez por todas, o senhor resolva colaborar conosco.

Marja ainda me fala ao ouvido, mas não preciso continuar a escutá-la. Não quero. A única coisa que desejo agora é que essa mão me solte, não para eu me rebelar, mas para que todos, a enfermeira, o médico, o homem da cadeira e o que segura o gravador, possam avaliar a dimensão da minha entrega, a eficiente retórica da minha docilidade. Quero provar que me venceram e que desta vez saberei fazer e dizer tudo o que me pedirem, sem erros, sem vacilações, o quanto antes, como se cada uma das minhas palavras tivesse o mágico poder de evitar que um soco ou um pontapé machuquem o rosto de Marja. Quero, em suma, começar a acreditar em alguma coisa e dizer ao médico que ele nem sequer terá de me injetar mais nada, pois o ódio que eu já sentia por Eliah Bac acabou de envenenar meu corpo e agora realmente desejo de todo coração tê-lo assassinado.

A partir desse dia, numerosos jornalistas foram e vieram durante algum tempo, às vezes à fortaleza, às vezes a salas preparadas para a imprensa estrangeira, e eu lhes falava com a mesma convicção com que lia as cartas de Marja, acompanhando suas tribulações, suas pequenas vicissitudes cotidianas, seu regresso a Malombrosa, sua frustração ao tentar uma carreira nas artes que só a levou a lupanares sórdidos onde a ausência da Leoparda era mais gritante. Eu lia suas recriminações e não ficava indiferente ao fato de ela e o mundo pensarem que eu tinha matado Eliah Bac. Mas com o tempo deixei de me perguntar por que haviam escolhido justo a mim para salvar a Revolução, quem de fato quebrara o pescoço do pobre sósia de Bac e quem mais tarde atirara contra seu cadáver para chamar a atenção das pessoas e quase estragar os planos da polícia secreta. Apenas me conformei a habitar uma história em que certas perguntas careciam de resposta e preferi me orgulhar ao ver os jornalistas anotarem com avidez os detalhes do meu crime. Eu inventava para eles uma infinidade de passagens da vida nômade de Eliah Bac, seus rompantes de inconcebível crueldade, seus tratos com pessoas que teriam matado de vergonha os mais fervorosos defensores da democracia. Também exagerava meu zelo revolucionário e minha solitária ingenuidade fanática, mas, se algum dos jornalistas estrangeiros dava sinais de querer sacar de mim algum ponto favorável a Bac, eu o desarmava com argumentos tão claros que teriam talvez merecido defender causas melhores.

Eu inventava tudo e acreditava em tudo, atirava cotidianamente contra o corpo de Eliah Bac, e quando se passava muito tempo entre um jornalista e outro, logo começava a me preocupar, pensando que outra pessoa pudesse ter revivido o terrorista ou que de repente meu papel se tivesse tornado desnecessário ou insuficiente para defender a existência de Marja. Então chegava outra carta, marcavam alguma entrevista, eu recebia a visita do médico que de início se congratulara pelo notável progresso do meu tratamento, garantindo que muito em breve, quando as coisas se acalmassem e os últimos seguidores de Eliah Bac desaparecessem, eu poderia deixar a fortaleza para levar uma vida tão normal quanto seria possível a um herói da Revolução.

Mas aquele bendito dia da minha libertação estava muito mais longe do que ele mesmo pensava ao acenar com essas promessas. Com o passar dos meses, as cartas de Marja rarearam de forma alarmante e as entrevistas minguaram até desaparecer. Quando eu perguntava ao médico se podia apontar alguma falta na minha atitude, ele se limitava a me examinar como se mal me conhecesse, repentinamente taciturno, agora absorto numa idéia que lhe envenenava o espírito e também começava a deixar marcas indeléveis em sua aparência. Havia emagrecido tanto que seu infalível relógio agora balançava frouxo em seu pulso sem que ele nunca se desse ao trabalho de ajustá-lo. Seu rosto adquirira um tom citrino e seu queixo imaculado se tisnava agora com uma barba que ia a cada dia aumentando um ponto a soma crescente do seu desalinho. Podia-se dizer que também ele pegara uma doença terrível e incurável, à qual começava a se resignar como quem assiste à partida de um trem numa estação deserta.

Assim relegado por meu único contato com o mundo exterior, não me restou outro remédio senão afundar num tempo neutro em que minha cabeça foi se enchendo de temores e suspeitas inverificáveis. Eu esperava deitado na cama por horas a fio, como se desejasse que alguém voltasse a me amarrar. Cultivava a insônia porque temia a incontrolável traição dos meus sonhos, escutava com avidez a movimentação na fortaleza e tinha de repente a sensação de que do lado de fora pairava um silêncio inusitado. Às vezes temia que me tivessem deixado sozinho e às vezes desejava que o tivessem feito. Intuía que estava acontecendo alguma coisa terrível no mundo lá fora e antevia meu abandono tão claramente quanto o esquivo dia da minha liberdade, acalentando vagas ilusões de uma vida renovada, na qual no fundo eu não acreditava.

Finalmente, uma tarde pareceu chegar a hora tão ansiada e tão temida da minha libertação. Já fazia algum tempo que o médico da fortaleza deixara de me visitar, portanto me surpreendeu muito não reconhecer o rosto daqueles que me tiraram da cama e me levaram àquele mesmo salão de vitrais com motivos árabes onde tempos atrás eu havia sido fotografado junto ao velho Brigadeiro.

Desta vez o salão me pareceu mais parco, sem enfeites nem bandeiras, envolto numa austeridade tão obsessiva quanto a profusão cenográfica de outrora. No lugar onde antes estava o Grande Brigadeiro havia agora uma mesa comprida e descascada à qual estavam sentados três homens e duas mulheres, que logo me lembraram a tediosamente previsível aritmética dos exames, julgamentos e consultas oficiais com que o Partido costumava avaliar tanto nossas culpas quando nossas virtudes. Mais do que me alarmar, o caráter judicial daquela cena me encheu de calma. Eu já havia repetido meu papel de assassino tantas vezes e com tanta certeza, que naquela altura um engano da minha parte era impensável. Definitivamente, estava preparado para enfrentar essa última prova da minha culpa, e tratei de deixar isso bem claro quando me entregaram uma folha amarelada de jornal, e a mulher que presidia a mesa me perguntou se eu conseguia identificar o homem da fotografia.

— Sou eu — respondi orgulhoso, ainda que estranhando um pouco poder afinal ver aquela imagem que chegara a imaginar inexistente. A mulher então mandou tirarem a folha de mim, escreveu alguma coisa em seu caderno e retomou o interrogatório.

— Por que o senhor é mantido aqui?

— Porque matei Eliah Bac.

— E por que o matou?

— Porque era um inimigo da Revolução e um assassino de pessoas inocentes.

— Quem o mandou matar?

Com mínimas variações, as perguntas começaram sendo aquelas mesmas que eu já escutara uma infinidade de vezes, e era quase maçante responder tudo de novo como se ainda restasse alguma coisa a revelar sobre meu crime. Nessa tarde, porém, meus juízes se mostraram francamente interessados nas minhas respostas: escutavam com atenção, remexiam-se, faziam incessantes anotações e trocavam olhares de desaprovação ou escândalo quando minha segurança tocava as raias da petulância. Por momentos me dava a impressão de que eram eles os que estavam sendo submetidos à prova máxima de fingimento, tendo de se comportar como se realmente duvidassem da minha culpa e estivessem lá para verificá-la. Então eu me lembrava da minha condição e fazia o possível para refrear minha soberba.

Não saberia dizer agora quantas perguntas me fizeram antes que o interrogatório desse uma surpreendente guinada. Devem ter sido muitas, pois as figuras do vitral já se haviam apagado quando um dos meus juízes arrebatou a palavra para me dizer:

— Na tarde em que o fotografaram com o Grande Brigadeiro, o senhor declarou aos jornalistas que Eliah Bac na realidade não existia. Disse que era uma invenção do próprio Partido e que o verdadeiro Bac morreu quando não passava de um adolescente. Por que o senhor disse isso?

Recordo fugazmente a vertigem de terror que me invadiu nesse momento, meu rosto em brasa quando pedi que meus juízes repetissem a pergunta, a inútil revisão mental do interrogatório que fora ensinado a esperar. Por mais que eu tentasse, não conseguia recordar nada sobre essa parte da minha história. Tampouco pude entender por que de repente me perguntavam justamente isso, por que desenterravam aquilo que antes tanto se empenharam em sepultar. Desarmado, desequilibrado por aquele golpe insólito, a única saída que consegui encontrar foi justamente aquela razão que no passado me deixara à mercê do delegado Dertz Magoian.

— Eu disse isso porque estava doente. Mas agora estou curado.

— Como sabe que estava doente?

— Porque estou num hospital.

— O senhor considera que aquela declaração sobre Bac foi resultado de sua doença?

— Isso eu não posso dizer. Não sou psiquiatra.

— Mas é médico. Alguma idéia há de ter a respeito.

— Não, não tenho. Quando cheguei aqui, sofria de uma esquizofrenia de sintomas muito tênues, fruto da minha dependência de ectricina. Uma pessoa nessas condições não tem idéia de que está doente.

— Bom, esqueça as perguntas sobre a doença. Só nos diga o seguinte: quando o senhor declarou que o Partido tinha inventado Bac, pensava estar fazendo a coisa certa?

— Eu estava muito doente. Fiz o que devia fazer, na medida em que minhas idéias eram normais para uma pessoa doente.

— O senhor também estava doente quando matou Eliah Bac?

— Não sei.

A sessão se prolongou por aí durante horas ou minutos infinitos. As perguntas e as respostas, minha inocência e minha culpa, minha razão e minha loucura giraram sobre si mesmas até que meus juízes se deram por vencidos. Então me deixaram ir como quem se desfaz de um objeto inútil, fecharam seus cadernos e me entregaram a um guarda colossal, que me levou em silêncio por um corredor interminável. Num ponto do trajeto notei em seu pulso esquerdo o relógio de ouro que pertencera ao meu mentor. Quando ia lhe perguntar de onde o tinha tirado, chegamos ao fim do corredor. Só então o homem parou, abriu a porta de uma cela e me empurrou para dentro dizendo:

— Sorte sua as coisas não serem como antigamente. Com essa história de democracia, perdoam até os porcos. Se dependesse de mim, o senhor já estava morto há muito tempo.

Estou assim desde então, desarvorado mais pela lembrança do relógio daquele guarda do que por suas palavras ou pelo empurrão que ele me deu para me jogar nesta cela. Estou aqui, recordando, abrigado num delírio moroso em que minha consciência morde o próprio rabo com uma vagueza que a luz do dia nunca chega a dissipar. Estou aqui crucificado na memória definhada do homem que já não sou, dissolvido numa enxurrada de rostos, atos e imagens que têm ao mesmo tempo a incoerência da vida real e a indecifrável lógica dos pesadelos: o delegado Dertz Magoian, calculista, leal, ocultando a ambição por trás de sua máscara de homem preterido; a pequena Marja, abandonada há anos num quarto escuro, atenta aos barulhos da noite e ignorante de que outra menina em outra cidade já começa a usurpar seu futuro na mente do homem que traiu sua mãe; a turba investindo desenfreada contra um bordel nos confins do mundo para linchar um estranho que pensam ter matado o homem que na realidade já está morto há trinta anos, o mesmo forasteiro cuja mão meses mais tarde apertou a mão pálida do Grande Brigadeiro enquanto começava a perceber que os súditos de semelhante rei só poderiam ser também espectros empoeirados, sustentados por uma estrutura que o olho das câmeras não mostra mas que está lá, esperando algum outro resolver destruí-la para que essa mão deixe de apertar pescoços, de empunhar armas temíveis ou as canetas platinadas que naquele dia vi despontar de sua casaca e com as quais ele devia ter assinado tantas condenações, tantas condecorações, incluindo a deste doente que hoje o relembra com um calafrio. Este doente que será todos e ninguém, conforme as circunstâncias mandarem, como aquele prisioneiro romanesco: um número sem nome nas masmorras de um país longínquo, um mascarado em ferro que ninguém na realidade sabe quem foi e que portanto foi o que os outros desejaram que fosse, adotando-o indistintamente ao sabor da corrente irresistível da paz ou da guerra.

Quando criança, eu gostava de ler essa história; lia suas páginas e pensava que eu também tinha uma máscara de ferro sobre o rosto. Sentia que era ao mesmo tempo o prisioneiro e o rei que usurpava seu trono. E eu era também a multidão que arrasava a Bastilha tarde demais para me resgatar, apenas a tempo para achar nos arquivos da fortaleza um registro não com meu nome, mas com meu número de cela e a descrição da minha aberrante condição: o homem da máscara de ferro, morto em cativeiro, matéria pronta para a imaginação coletiva me transformar no que ela quiser quando uma dose mal medida de droga acabar de me destruir, quando tirarem meu corpo inerte desta cela e guardarem meus pertences numa gaveta, as cartas de Marja, a condecoração do Grande Brigadeiro. Nesse dia vou desaparecer do mundo, mas continuarei a existir na memória daqueles que inventei, dos que me odeiam, dos que puderam me amar, dos que ainda precisarem de mim. Continuarei a ser na memória de todos eles: serei o assassino de Eliah Bac, o provisório salvador da Revolução, o traidor da democracia ou simplesmente esse interno destruído por sua longa dependência de ectricina que soluçava em sua cela e que depois, quando a noite começava a cair sobre a fortaleza, falava muito, falava em voz alta para todos o escutarmos falar, talvez para nos torturar contando não sei que delirante história sobre como ele assassinou um homem do qual só os mais velhos ouviram falar, um tal Eliah Bac. Uns dizem que esse Bac foi um bandoleiro, outros um nebuloso personagem da transição, uma vítima conspícua do Partido cujo rosto chegou a sair numa moeda que deixou de existir tão rápido quanto o governo provisório que a cunhou, um terrorista a soldo da CIA que teve por algum tempo uma estátua em certo porto remoto onde dizem que ele nasceu ou o mataram, não se sabe ao certo, como também não se sabe se a estátua continua lá, pois o homem que fala muito diz que sua filha ou sua amante lhe contou numa carta que a estátua foi pichada tantas vezes que as autoridades se cansaram de limpá-la e preferiram removê-la, destruí-la ou transferi-la para outro porto, para uma praça mais discreta onde ninguém se lembre dele. E o homem garante que por isso hoje não se sabe da existência de Bac nem que ele o matou, embora isso ainda conste nos livros escolares que é preciso corrigir a cada ano conforme a conveniência de quem está no poder. Seja como for, só o mencionam vagamente, como se de fato ninguém tivesse certeza que existiu um homem chamado Eliah Bac nem que foi morto por esse velho que dizem ter sido dedo-duro da secreta no tempo do comunismo, e que fala demais, e que nos conta coisas que na verdade nunca conseguimos entender por que o pobre-diabo não parece nem saber direito quem foi nem quem pode ter sido esse prisioneiro, que às vezes chega ao cúmulo de garantir que ele próprio é Eliah Bac. Quando o vemos assim nos perguntamos como será perder o juízo desse jeito, quanto ainda nos falta para chegar a esse extremo, como será que esse velho veio parar aqui, em que momento o trouxeram, denunciado por quem, traído por quem, e como será sua cela, que na verdade não pode ser muito diferente das nossas, com estas paredes brancas e as barras grossas às quais um dia ele se aferrou para cair na besteira de chamar pelo nome um gigantão que acabavam de prender. Então um dos guardas lhe deu uma tremenda borrachada nos dedos e o gigantão o xingou. Naquela noite, o homem falou além da conta, até que vieram de madrugada e o levaram embora e só voltamos a ver o coitado dias depois, babando, imbecilizado pelas injeções, perplexo feito um fantasma que não consegue entender por que o além é exatamente igual ao mundo de onde um dia ele pensou fugir.

Londres, 2001–Fontemassi, 2003

ESTA OBRA FOI COMPOSTA EM ELECTRA PELO ESTÚDIO O.L.M. E IMPRESSA EM OFSETE PELA GRÁFICA BARTIRA SOBRE PAPEL PÓLEN BOLD DA SUZANO PAPEL E CELULOSE PARA A EDITORA SCHWARCZ EM JUNHO DE 2007